感动系列

化在掌心的糖

——感动中学生的 100 个母亲

◎总 主 编：刘海涛
◎主　　编：滕　刚

九 州 出 版 社
JIUZHOUPRESS | 全国百佳图书出版单位

图书在版编目(CIP)数据

化在掌心的糖:感动中学生的 100 个母亲 / 滕刚主编.

—北京:九州出版社,2005.8(2021.7 重印)

ISBN 978-7-80195-382-7

I. 化... II. 滕... III. 文学–作品综合集–世界

IV. I11

中国版本图书馆 CIP 数据核字(2005) 第 097103 号

化在掌心的糖:感动中学生的 100 个母亲

作 者	刘海涛 总主编 滕 刚 主编
出版发行	九州出版社
地 址	北京市西城区阜外大街甲 35 号(100037)
发行电话	(010)68992190/2/3/5/6
网 址	www.jiuzhoupress.com
电子信箱	jiuzhou@jiuzhoupress.com
印 刷	北京一鑫印务有限责任公司
开 本	787 毫米 × 960 毫米 16 开
印 张	12
字 数	235 千字
版 次	2005 年 9 月第 1 版
印 次	2021 年 7 月第 3 次印刷
书 号	ISBN 978-7-80195-382-7
定 价	32.00 元

目录

母 爱 如 水

母 爱 如 糖

1

母 爱 如 歌

母 爱 如 灯

母 爱 如 茶

化在掌心的糖

感动系列

母爱如水

化在掌心的糖

母爱如水,淡淡的液体中,却能品尝到微微的香甜。

一位母亲与家长会

● 文/刘燕敏

第一次参加家长会,幼儿园的老师说:"你的儿子有多动症,在板凳上连三分钟都坐不了,你最好带他去医院看一看。"

回家的路上,儿子问她老师都说了些什么?她鼻子一酸,差点流下泪来。因为全班三十位小朋友,惟有他表现最差;惟有对他,老师表现出不屑。然而,她还是告诉了她的儿子。

"老师表扬你了,说宝宝原来在板凳上坐不了一分钟,现在能坐三分钟了。其他的妈妈都非常羡慕妈妈,因为全班只有宝宝进步了。"

那天晚上,她儿子破天荒地吃了两碗米饭,并且没让她喂。

儿子上小学了。家长会上,老师说:"全班五十名同学,这次数学考试,你儿子排第四十九名。我们怀疑他智力上有些障碍,您最好能带他去医院看一看。"

回去的路上,她流下了泪。然而,当她回到家里,却对坐在桌前的儿子说:"老师对你充满信心。他说了,你并不是个笨孩子,只要能细心些,会超过你的同桌,这次你的同桌排在第二十一名。"

说这话时,她发现,儿子暗淡的眼神一下子充满了光彩,沮丧的脸也一下子舒展开来。她甚至发现,儿子温顺得让她吃惊,好像长大了许多。第二天上学时,去得比平时都要早。

孩子上了初中,又一次家长会。她坐在儿子的座位上,等着老师点她儿子的名字,因为每次家长会,她儿子的名字在差生的行列中总是被点到。然而,这次却出乎她的预料,直到结束,都没听到。她有些不习惯。临别,去问老师,老师告诉她:"按你儿子现在的成绩,考重点高中有点危险。"

她怀着惊喜的心情走出校门,此时她发现儿子在等她。路上她扶着儿子的肩膀,心里有一种说不出的甜蜜,她告诉儿子:"班主任对你非常满意,他说了,只要你努力,很有希望考上重点高中。"

高中毕业了。一个第一批大学录取通知书下达的日子。学校打电话让她儿子到学校去一趟。她有一种预感,她儿子被清华大学录取了,因为在报考时,她给儿子说过,她相信他能考取这所学校。

她儿子从学校回来,把一封印有清华大学招生办公室的特快专递交到她的手里,突然转身跑到自己房间里大哭起来。边哭边说:"妈妈,我一直都知道我不是个聪明的孩子,是您……"

母爱的力量

赏析／安 勇

　　几次平平常常的家长会,一位母亲含着眼泪说出的几句谎言,连接起来的是一个孩子的成长历程。这个孩子一点也不聪明——在幼儿园老师的眼里他有多动症,在小学老师的眼里他智力上有障碍,在初中老师的眼里他考重点高中有点危险。但就是这个孩子,却创造了一个不大不小的奇迹,高考结束后,收到了名牌大学的录取通知书。这一切只有一个原因,就是那位伟大的母亲用她的爱编织成的几句谎言,给了孩子一份宝贵的鼓励和坚强的自信。正是这份鼓励和自信让孩子不断地取得进步,最终获得了成功。

为了孩子们在它死后还能吃到奶水，它把奶水一滴滴挤在树叶上，放在小猴们伸手就能拿到的地方。

猎人与母猴

● 文/叶广芩

一九六〇年，山里饿死了人，公社组织了十几个生产队，围了两个山头，要把这个范围的猴子赶尽杀绝，不为别的，就为了肚子，零星的野猪、鹿子已经解决不了问题，饥肠辘辘的山民把目光转向了群体的猴子。两座山的树木几乎全被伐光，最终一千多人将三群猴子围困在一个不大的山包上。猴子的四周没有了树木，被黑压压的人群层层包围，插翅难逃。双方在对峙，那是一场心理的较量。猴群不动声色地在有限的林子里躲藏着，人在四周安营扎寨，时时地敲击响器，大声呐喊，不给猴群以歇息机会。三日以后，猴群已精疲力竭，准备冒死突围；人也做好了准备，开始收网进攻。于是，小小的林子里展开了激战，猴的老弱妇孺向中间靠拢，以求存活；人的老弱妇孺在外围呐喊，造出声势。青壮的进行厮杀，彼此都拼出全部力气浴血奋战，说到底都是为了活命。战斗整整进行了一个白天，黄昏的时候，林子里渐渐平息下来，无数的死猴被收敛在一起，各生产队按人头进行分配。

那天，有两个老猎人没有参加分配，他们俩为追击一只母猴来到被砍伐后的秃山坡上。母猴怀里紧紧抱着自己的崽，背上背着抢出来的别的猴的崽，匆忙地沿着荒脊的山岭逃窜。两个老猎人拿着猎枪穷追不舍，他们是有经验的猎人，他们知道，抱着两只崽的母猴跑不了多远。于是他们分头包抄，和母猴兜圈子，消耗它的体力。母猴慌不择路，最终爬上了空地上一棵孤零零的小树。这棵树太小了，几乎禁不住猴子的重量，绝对是砍伐者的疏忽，他根本没把它看成一棵"树"。上了"树"的母猴再无路可逃，它绝望地望着追赶到跟前的猎人，更紧地搂住了它的崽。

绝佳的角度，绝佳的时机，两个猎人同时举起了枪。正要扣动扳机，他们看到母猴突然做了一个手势，两人一愣，分散了注意力，就在这犹疑间，只见母猴将背上的、怀中的小崽儿，一同搂在胸前，喂它们吃奶。两只小东西大约是不饿，吃了几口便不吃了。这时，母猴将它们搁在更高的树杈上，自己上上下下摘了许多树叶，将奶水一滴滴挤在叶子上,搁在小猴能够够到的地方。做完了这些事,母猴缓缓地转过身,面对着猎人,用前爪捂住了双眼。

母猴的意思很明确:

现在可以开枪了……

母猴的背后映衬着落日的余晖,一片凄艳的晚霞和群山的剪影,两只小猴天真无邪地在树梢上嬉闹,全不知危险近在眼前。

猎人的枪放下了,永远地放下了。

他们不能对母亲开枪。

不能对母亲开枪

赏析/安 勇

这篇小说一开头就把我们带到了那个困厄的年代,一九六〇年正是发生在上个世纪的"三年自然灾害"的第二年,当时人们的生活非常穷困,好多地方都出现了饿死人的情况。正是在这个大背景下,为了生存,一场人和猴子之间的战争,就这样残酷地展开了。也就是在这场血腥的屠杀中,我们看到了在两个猎人的追踪下,疲于奔命的那只母猴。它显然已经意识到了自己难逃厄运,在被逼到绝境时,却首先想到两只年幼的小猴。为了孩子们在它死后还能吃到奶水,它把奶水一滴滴挤在树叶上,放在小猴们伸手就能拿到的地方。做完这一系列动作后,它面对猎人,用前爪捂住了双眼……读到这里,我的眼睛被泪水模糊了,这是一位多么伟大的母亲呀!它又在血色的夕阳下向我们展示了一幅多么生动感人的爱的画面呀!难怪,猎人也悄悄放下了手里的枪,因为"他们不能对母亲开枪"。

5

一双手，一张嘴，向女儿传递着、说着两个字——母爱。

生 日 卡 片

● 文／（台湾）席慕蓉

刚进入台北师范艺术科的那一年，我好想家，好想妈妈。

虽然，母亲平日并不太和我说话，也不会对我有些什么特别亲密的动作；虽然，我一直认为她并不怎么喜欢我，平日也常会故意惹她生气。可是，一个十四岁的初次离家的孩子，晚上躲在宿舍被窝里流泪的时候，呼唤的仍然是自己的母亲。

所以，那年秋天，母亲过生日的时候，我特别花了很多心思做了一张卡片给她。在卡片上，我写了很多，也画了很多，我说母亲是伞，是豆荚，我们是伞下的孩子，豆荚里的豆子；我说我怎么想她，怎么爱她，怎么需要她。

卡片送出去了以后，自己也忘了，每次回家仍然会觉得母亲偏心，仍然会和她顶嘴，惹她生气。

好多年过去了，等到自己有了孩子以后，才算真正明白了母亲的心，才开始由衷地对母亲恭敬起来。

十几年了，父亲一直在国外教书，只有放暑假时偶尔回来一两次，母亲就在家里等着妹妹和弟弟读完大学。那一年，终于连弟弟也当完兵又出国读书去了，母亲才决定到德国去探望父亲并且留下来。出国以前，她交给我一个黑色的小手提箱，告诉我，里面装的是整个家族的重要文件，要我妥善保存。

这样，黑色的手提箱就一直放在我的阁楼上，从来都没想去碰过，一直到有一天，为了找一份旧的户籍资料，我才把它打开。

我的天！真的是整个家族的资料都在里面了。有外祖父早年那些会议的照片和札记，有父母的手迹，他们当年用过的哈达，父亲的演讲记录，父母初婚时的合照，朋友们送的字画，所有的纸张都泛黄了，却还保有一层庄严和温润的光泽。

然后，我就看到我那张大卡片了，用红色的圆珠笔写的笨拙的字体，还有那些拼拼凑凑的幼稚的画面。一张用普通的图画纸折成四折的粗糙不堪的卡片，却被我母亲仔细地收藏起来了,和所有庄严的文件摆在一起,收藏了那么多年!

卡片上写着的是我早已忘记了的甜言蜜语,可是,就算是这样的甜言蜜语也不是常有的。忽然发现,这么多年来,我好像也只画过这样一张卡片。长大了以后,常常只会选一张现成的印刷好的甚至带点香味的卡片,在异国的街头,匆匆忙忙地签上一个名字,匆匆忙忙地寄出,待她收到时生日都已经过了好几天了。

所以,这也许是母亲要好好地收藏这张粗糙的生日卡片的最大理由了吧。因为,这么多年来,我也只给了她一张而已。这么多年来,我只会不断地向她要求更多的爱,更多的关怀,不断地向她要求更多的证据,希望从这些证据里,能够证明她是爱我的。

而我呢? 我不过只是在十四岁那一年,给了她一张甜蜜的卡片而已。

她却因此而相信了我,并且把它细心地收藏起来,因为,也许这是她从我这里能得到的惟一的证据了。

在那一刹那,我才发现,原来,原来世间所有的母亲都是这样容易受骗和容易满足的啊!

在那一刹那间,我不禁流下泪来。

甜蜜的卡片

赏析/安 勇

岁月这个字眼真的无比奇妙,它会像一只手一样,轻轻地挥一挥,就把好多东西都赶走了,就像挥去一片过眼的云烟。但有时候,岁月也像一座密封的储藏窖,会把一坛普普通通的酒变成一掬陈年的甘酿。岁月也能像一个神奇的容器,把一份爱变成一颗种子,让它默默地生根、发芽,最终开出芬芳的花朵。就像这篇小说里女儿在十四岁时,不经意间寄给母亲的那张卡片一样,母亲一直把它珍藏起来,等到有一天,女儿再看到它时,它已经变成了一双手,一张嘴,向女儿传递着、诉说着两个字——母爱。

所谓母亲，其实就是当我们远行归来时，那位能在夜里，光着脚跑来给我们开门的人。

母 爱 如 佛

● 文/斯　君

听说过这样一个故事——

从前，有个年轻人与母亲相依为命，生活相当贫困。

后来年轻人由于苦恼而迷上了求仙拜佛。母亲见儿子整日念念叨叨、不事农活的痴迷样子，苦劝过几次，但年轻人对母亲的话不理不睬，甚至把母亲当成他成仙的障碍，有时还对母亲恶语相向。

有一天，这个年轻人听别人说起远方的山上有位得道的高僧，心里不免仰慕，便想去向高僧讨教成佛之道，但他又怕母亲阻拦，便瞒着母亲偷偷从家里出走了。

他一路上跋山涉水，历尽艰辛，终于在山上找到了那位高僧。高僧热情地接待了他。席间，听完他的一番自述，高僧沉默良久。当他向高僧问佛法时，高僧开口道："你想得道成佛，我可以给你指条道。吃过饭后，你即刻下山，一路到家，但凡遇有赤脚为你开门的人，这人就是你所谓的佛。你只要悉心侍奉，拜他为师，成佛又有何难？"

年轻人听后大喜，遂叩谢高僧，欣然下山。

第一天，他投宿在一户农家，男主人为他开门时，他仔细看了看，男主人没有赤脚。

第二天，他投宿在一座城市的富有人家，更没有人赤脚为他开门。他不免有些灰心。

第三天，第四天……他一路走来，投宿无数，却一直没有遇到高僧所说的赤脚开门人。他开始对高僧的话产生了怀疑。快到自己家时，他彻底失望了。日暮时，他没有再投宿，而是连夜赶回家。到家门时已是午夜时分。疲惫至极的他费力地叩动了门环。屋内传来母亲苍老惊悸的声音："谁呀？"

"我，你儿子。"他沮丧地答道。

很快地，门开了，一脸憔悴的母亲大声叫着他的名字把他拉进屋里。借着灯光，母亲流着泪端详他。

这时，他一低头，蓦地发现母亲竟赤着脚站在冰凉的地上！

刹那间，灵光一闪，他想起高僧的话。他突然什么都明白了。

年轻人泪流满面，扑通一声跪倒在母亲面前。

看到这个故事的时候，我的心不禁怦然一动。母亲对于我们每个人来说永远都是伟大的。不能事亲，焉能成佛？在你失意、忧伤甚至绝望的时候，千万不要忘记你身边立着的母亲。尽管她不能点拨你什么，但在你无助无奈之时，她的微笑会如佛光一样为你映出一片光明，使你对人生萌生希望。不管你是怎样的卑微和落魄，母亲永远是你可以停泊栖息的港湾，她的关爱和呵护一样会把你渡上一条风雨无阻的人生之船。

母亲就是那可以毫不犹豫赤脚为你开门的人，母亲拥有可以宽恕你的一切过失的胸怀。

我们苦苦寻找想要侍奉的佛，就是母亲。你想到了吗？

母爱如温暖的阳光

赏析／安 勇

母亲这个词的含义有时候真的非常简单而直接，所谓母亲，其实就是当我们远行归来时，那位能在夜里，光着脚跑来给我们开门的人。母亲的含义有时候也非常复杂而多解，她是温暖的怀抱，驱赶走我们生命中的寒冷；她是雨季里遮在我们头顶上的那把伞，为我们带来一片晴朗的天空；她是漂泊的游船停靠的那个港湾；她还是一尊仁慈无私的佛。正像小说里说的那样："不能事亲，焉能事佛。"是呀，只有懂得了母亲的情怀，对母亲怀着一颗感恩的心，才能明白人间至真至诚的那份情感，才能把这份情感推己及人，也才能最终参悟"佛"的真谛，佛是什么？在这篇小说里，它就是一位母亲无私的爱。

9

我想，那个歹徒说的没错，这位母亲确实有夜视眼，或者说她根本就无需眼睛，一份对女儿的深爱，就能把她所有的黑夜照亮。

母爱无敌

● 文／赵建文

张丽萍加完班回到家，发现家里黑着灯。她稍微愣了一下，才记起来，丈夫带女儿去医院看门诊了。想起女儿，张丽萍的心一阵抽搐。女儿只有十八岁，却不幸染上了恶性眼疾，眼球慢慢萎缩，最后的结局是完全失明，惟一的希望是眼球移植。

张丽萍掏出钥匙打开门，拉开灯，被眼前的景象惊呆了：家里所有的橱柜都大敞四开，显然被人撬过了。天哪，给女儿准备的手术费！张丽萍冲进卧室，在床下的一个夹缝里抠索了一会，谢天谢地，银行卡还在。

"藏得好严实啊！"突然，一个彪形大汉不知从哪里闪身出来，手里握着一柄寒光闪闪的尖刀。

张丽萍脸色煞白，浑身不由自主地哆嗦着："你……你……想干什么？"

大汉凶相毕露："干什么？抢劫！要命的话，把银行卡交给我！"

"求求你，这是给我女儿看病的钱……"

歹徒却不给她思考的时间："快，把银行卡扔过来！我只想抢钱，不想杀人！"

张丽萍只得把银行卡丢过去。歹徒捡起银行卡，塞进衣袋里，用尖刀威逼着张丽萍："把密码告诉我！别打歪主意，如果你用假密码欺骗我的话，当心你的女儿！"

张丽萍在那一瞬间就打定了主意。无论如何，她要把这个穷凶极恶的家伙捉住。她不容许任何人威胁她女儿。

她装出一副像是被吓坏了的样子："密码……我……我记不起来。"

歹徒"劝导"说："你好好想想，你是不是记在什么地方了？"

"我想想，你能不能……离我远点？我害怕。"

歹徒看看她，觉得这个弱不禁风的女人对他构不成什么威胁，向后退了两步。

"我可能……记在一个小本子上了。我能不能找找看？"

歹徒有点不耐烦了:"快点!"

张丽萍站起身来,走向梳妆台,拉开一只小抽屉。歹徒紧张起来,把尖刀一挑,随时准备扑过来。张丽萍一直把抽屉拉出来,举给歹徒看。里面只有一些化妆用品,还有一个小本子。

张丽萍打开小本子,一页页寻找着翻看。可卧室里太幽暗,张丽萍只好吃力地把小本子举到眼前,几乎贴到脸上了。"我能不能插上台灯?"张丽萍问歹徒。歹徒点点头。张丽萍心中一阵狂喜。不动声色地把台灯的插头插到墙上的电源插口上。只见火光一闪,"啪"的一声,整个屋子陷入一团漆黑。保险丝烧断了!这只没来得及修理的短路了的台灯立了大功!

"怎么回事?"歹徒被这意外的变故吓了一跳,他瞪大双眼,可无济于事。屋外没有路灯,屋子里除了黑暗还是黑暗。

"要命的话,你就别乱来!"歹徒警告着,挥舞着尖刀。

电话突然嘟嘟的响了起来,然后是三声急促而连贯的拨号声,再然后,一个甜润的女声让歹徒肝胆俱裂:"你好,这里是一一○报警中心……"歹徒冲着声音响起的方向一个箭步冲过去,一手挥舞着尖刀,一手摸索着找到电话,用力扯断电话线。

刀子没有扎到张丽萍。歹徒倒退着想原路退到门边,却被梳妆凳绊了一下,扑通一声重重地跌倒在地。当他吼叫着爬起来,就再也找不到方向了。屋子里一片骇人的寂静。歹徒狂躁起来,这么耗下去,形势会越来越对他不利。他用尖刀开路,试探着朝一个方向摸过去,碰到了一块布。啊,那是窗帘。他抓住窗帘,一把扯开,却大失所望,窗外依然是漆黑一团,连一丝星光都没有。

"嗨!"那女人在身后叫他。他猛转身,瞪大双眼在黑暗中搜寻那女人,正好被扑面喷来的气雾杀虫剂喷了个满眼。歹徒双眼一阵刺痛,惨叫一声,忙拼命地用手揉。

卧室的房门吱了一声,虽然很轻微,歹徒还是听到了。他朝着响声摸过去。门是开着的。门外就是客厅,客厅的门直接通向院子,只要到了院子里,他就算逃过了这一劫。君子报仇,十年不晚!

歹徒朝客厅门摸过去,却碰到了茶几。不对啊,明明记得房门就在这个方向啊。歹徒摸出打火机嚓地一声划着火,高举起来四处望。他看到了,那女人就站在不远处对他怒目而视,手里拿暖水瓶!歹徒再想躲避,已经晚了,热水"哗"地一下泼向歹徒持刀的右手,歹徒手里的尖刀应声落地,黑暗中,张丽萍飞起一脚踢向尖刀,尖刀"当"地在墙上撞了一下,就不知落到什么地方了。

"大姐,银行卡我还给你,你高抬贵手放我走吧!"歹徒颤着声哀求道。

"那好，你先把银行卡给我放下。往前走三步，再向左走两步，前面是电视柜，就放在那上面。"无可奈何的歹徒只好顺从，果然在那里摸到电视柜。歹徒放下银行卡，就听女人又说："现在，原路退回去。"歹徒照办，不料却一脚踩进套索里。套索猛地收紧，歹徒重重地栽倒在地上。歹徒挣扎着去解套索，就听一声断喝："不准动！"张丽萍说，"我还有一壶开水呢！乖乖躺着吧，否则就把你的脑袋煮成熟鸡蛋！"

外面警笛尖利地鸣叫着，由远而近，在附近停了下来，然后就听人声杂沓。歹徒有气无力地瘫倒在地上，心有余悸地问张丽萍："大姐，你让我死个明白，你是不是有特异功能，会夜视眼啊？"

张丽萍冷冷一笑，回答说："你错了，我不会什么夜视眼。从女儿的眼病确诊那一天，我就准备把我的眼球移植给她了。那以后，我就一直训练自己在黑暗中生活，现在看来，成绩还不错。"

直到被押上警车，歹徒才痛悔地想清楚：你可以欺凌一个女人，但千万不能招惹一位母亲啊。

母爱无敌

赏析／安　勇

一个入室抢劫的歹徒，遇到一位留着钱为女儿治病的勇敢的母亲，真的不太走运，更何况他还愚蠢地用女儿作为威胁的手段，这更激起了母亲保护女儿的决心。于是，这个倒霉的歹徒陷入了一团黑暗之中，被梳妆凳绊倒，被杀虫剂袭击，被浇了一头开水，最后还被生擒活捉、绳之以法。当他有气无力地瘫倒在地，心有余悸地问那位母亲是否有特异功能，会夜视眼时，他才突然明白，原来捉住他的是无敌的母爱。就是因为有了那份爱，母亲才下定了为女儿换眼睛的决心，提前开始了在黑暗中生活的训练。我想，那个歹徒说的没错，这位母亲确实有夜视眼，或者说她根本就无需眼睛，一份对女儿的深爱，就能把她所有的黑夜照亮。

父母对子女的牵挂和爱意与金钱和利益毫无关系,更多的是电话里一句轻声的问候,或是接到汇款时那份淳朴简单的快乐。

寄　　钱

● 文/白旭初

　　回乡办完父亲的丧事,成刚要母亲随他去长沙生活。母亲执意不肯,说乡下清静,城里太吵住不惯。成刚明白,母亲是舍不得丢下长眠地下的父亲,成刚临走时对母亲说,过去您总是不让我寄钱回来,今后我每月给您寄二百元生活费。母亲说,乡下开销不大,要寄寄一百元就够用了。

　　母亲住的村子十分偏僻,乡邮员一个月才来一两次。如今村里外出打工的人多了,留在家里的老人们时时盼望着远方的亲人的信息,因此乡邮员在村子里出现的日子是留守村民的节日。每回乡邮员一进村就被一群大妈大婶和老奶奶围住了,争先恐后地问有没有自家的邮件,然后又三五人聚在一起或传递自己的喜悦或分享他人的快乐。这天,乡邮员又来了。母亲正在屋后的菜园里割菜,邻居张大妈一连喊了几声,母亲才明白是叫自己,慌忙出门从乡邮员手里接过一张纸片,是汇款单。母亲脸上洋溢着喜悦,说是我儿子成刚寄来的。邻居张大妈夺过母亲手里的汇款单看了又看,羡慕得不得了,说,乖乖,二千四百元哩!人们闻声都聚拢来,这张高额汇款单像稀罕宝贝似的在大妈大婶们手里传来传去的,每个人都是一脸的钦羡。

　　母亲第一次收到儿子这么多钱,高兴得睡不着觉,半夜爬起来给儿子写信。母亲虽没上过学堂,但村小教师的父亲教她识得些字写得些字。母亲的信只有几行字,问成刚怎么寄这多钱回来?说好一个月只寄一百元。成刚回信说,乡邮员一个月才去村里一两次,怕母亲不能及时收到生活费着急。成刚还说他工资不低,说好每个月寄二百元的,用不完娘放在手边也好应付急用呀。看了成刚的信,母亲甜甜地笑了。

　　过了几个月,成刚收到了母亲的来信,信只短短几句话,说成刚你不该把一年的生活费一次寄回来。明年寄钱一定要按月寄,一个月寄一次。

转眼间一年就过去了。成刚因单位一项工程工期紧脱不开身,原打算回老家看望母亲的,不能实现了。他本想按照母亲的嘱咐每月给母亲寄一次生活费,又担心忙忘了误事,只好又到邮局一次给母亲汇去二千四百元。二十多天后,成刚收到一张二千二百元的汇款单,汇款是母亲退回来的。成刚先是十分吃惊,后是百思不得其解,正要写信问问母亲却又收到了母亲的来信。母亲又一次在信上嘱咐说,要寄钱就按月给我寄,要不我一分钱也不要!

一天,成刚遇到了一个从家乡来长沙打工的老乡,成刚在招待老乡吃饭时,顺便问起了母亲的情况。老乡说,你母亲虽然孤单一人生活,但很快乐。尤其是乡邮员进村的日子,你母亲更是像过节日一样欢天喜地。收到你的汇款,她要高兴好几天哩。成刚听着听着已泪流满面,他明白了,母亲坚持要他每月给她寄一次钱,是为了一年能享受十二次快乐。母亲的心不在钱上,而在儿子身上。

母亲的快乐

赏析／安 勇

读完这篇小说,我的耳边不由得回荡起一首歌曲的旋律。在几年前,这首歌唱进了千家万户,大街小巷,歌的名字叫《常回家看看》。这首歌以其朴实无华的词句和动人的旋律,感动了千千万万个儿女,也道出了许许多多父母的心声。它同时也告诉我们一个道理,父母对子女的牵挂和爱意与金钱和利益毫无关系,更多的是电话里一句轻声的问候,或是接到汇款时那份淳朴简单的快乐。正像歌里唱的那样,"老人不图儿女为家做多大贡献,一辈子总操心只奔个平平安安。"

我想，不管是谁最后吃到了那只饺子，都能品出一种特殊的味道，那味道不属于饺子，而是一份浓浓的亲情。

大钱饺子

● 文/张 林

那是动乱的第二年吧，我被划进了"黑帮"队伍里。我在那长长的"黑帮"队伍里倒不害怕，最怕的就是游斗汽车开到自己家门口，这一招太损了。嘻，越害怕还越有鬼！有一次汽车就真的开到了家门口。那八旬的老母亲看见了汽车上的我，嘴抖了几抖，闭上眼睛，扶着墙，身子像泥一样瘫了下去。妻子竟忘了去扶持母亲，站在那儿，眼睛都直了，跟个傻子一般。

我担心老母亲从此会离我而去。谢天谢地，她老人家总算熬过来了。

那年除夕这一天，竟把我放回家了。

一进家门，母亲用一种奇怪的眼光打量我，然后，她一下扑过来，摸着我的脸。最后，她竟把脸埋在我的怀里，呜呜地哭起来。妻子领着孩子们只远远地站着，也在那儿哆哆嗦嗦地哭。

"媳妇，快包饺子，过年！"母亲对妻子说。于是，一家人忙起来，剁馅、和面……一会儿，全家就围在一起开始包饺子。这时，母亲忽然想起一件什么事，说："哎呀，包个大钱饺子吧，谁吃了谁就有福！"

为了使母亲高兴，我同意了，而且希望母亲能吃到这个大钱饺子。我要真诚地祝福她，愿她多活几年。

母亲从柜里拿出个蓝布包，从包里掏出一枚道光年间的铜钱来，她颤抖地把这枚古钱放在一个面皮上，上面又盖了点馅，包成一个饺子。这就是大钱饺子了。母亲包完这个饺子，用手在边上偷偷捏出一个记号，然后，若无其事地把它和别的饺子放在一起。但我已经清楚地记住了这个饺子的模样。

饺子是母亲亲自煮的，饺子要熟了，像一群羊羔一样漂上来。我一眼就看见那个带记号的大钱饺子。

母亲在盛饺子的时候，把这个大钱饺子盛在一个碗里，又偷偷把它拨在紧上边，然后把这碗饺子推到我面前："吃吧，多吃，趁热吃。"我觉得心里一阵热，鼻子也酸疼起来。我想应该让母亲吃，让她高兴高兴。但我一时想不出办法，因为母亲认识这个饺子。

我想那就给妻子吧，她跟我生活了二十年，现在已经是快半百的人了。为了我挨斗，她心血都快要熬干了。我趁妻子上厨房去拿辣椒油的工夫，偷偷把大钱饺子拨在她的碗里。谁知，妻子从厨房回来，看了看碗，又用一双深沉和感激的眼睛望着我，眼圈都红了。啊！她也认识这个大钱饺子。

妻子没有作声，她吃了几个饺子，忽然说了声："都快粘在一块了。"说着，就把所有的饺子碗拿起来摇晃，晃来晃去，就把那碗有大钱饺子的放到了母亲跟前。母亲显然没有注意，边看我边吃饺子，突然"啊"了一声，大钱饺子硌了牙。

"奶奶有福！吃到大钱饺子了！"孩子们喊着。

"我……这是咋回事？"母亲疑惑着。这时，当啷一声，一个东西从她的嘴里掉在碟子里，正是那个大钱。

于是，我领着老婆孩子一齐欢呼起来："母亲有福！"

"奶奶有福！"

"……"

母亲突然大笑起来，笑着笑着，流出了一脸泪。我和妻子也流了泪。

特别的爱给母亲

赏析／安　勇

在过年时包的饺子里放进一枚大钱或者硬币，是一种古老的习俗，如果谁吃到了这只特殊的饺子，就代表着这个人非常有福气。小说里的三个人——母亲、我、妻子，都希望把这个特殊的祝福悄悄让给别人。为此，母亲特意在那只大钱饺子上做了一个记号，"我"则把那只饺子默默倒在妻子的碗里，而妻子呢，又偷偷把那只特殊的饺子放进了母亲的碗里……那只裹着大钱的饺子就这样在饭桌上转了一圈儿，最后被母亲吃到了。我想，不管是谁最后吃到了那只饺子，都能品出一种特殊的味道，那味道不属于饺子，而是一份浓浓的亲情。

在外面,我们只能看见一串沉甸甸的钥匙。而门和锁,却在她慈祥博大的心中。

钥　　匙

●文/吴守春

中秋节,我们全家起了个大早,赶回老家。我们是想给母亲一个惊喜。

昨晚,妻打电话给母亲,谎称没时间回家过中秋,说妈妈你就不要准备了。其实,我们是怕母亲破费。她老人家总以为我们苦大仇深,每每回家,恨我们嘴巴小吃少了。让她老人家这样操劳,简直是我们这些做子女的罪过。

母亲打了个盹,说,你们工作忙,不回来就不回来吧。我一个人在家,你们放心,月饼我都买了几盒。好在你弟妹都打电话回家问安了。只要你们心来家了,妈就知足啦!

到了老家,母亲的房门,二弟、三弟的房门都开着。今天是怎么了?平时,我们回家,二弟、三弟的房子一般都是铁将军把门。我恍若感到弟弟们都在家等候我们团圆的亲切和温馨。房子锁着多少让人产生人去楼空的苍凉。

母亲正在家中抹扫。

怎么,你们不是说不回来吗?我昨晚不是说过叫你们不回来吗!你爸去了,妈身子骨还硬,一个人也过习惯了。端公家碗就得服公家管,怎能随便丢下公家的事一走了之?!

我说:妈,弟妹们在外面经商,我们怎么可能不回来呢?你不要担心,今天是星期天。我们是怕你张罗多了,打扫战场吃剩菜喝残汤。

这……这……我搞什么给你们吃呀!我们的出其不意闹得母亲措手不及。说着,母亲转身下厨房,腰带处发出金属摩擦的响声。

妻好奇,问:妈,你一走路,咋贵妇人似的环佩丁当?

母亲说,钥匙。说着母亲撩起裙子,露出一大串钥匙。

我插话:妈,你把这些钥匙挂着,多麻烦啊!

母亲脸一沉,说,这些钥匙,就是我的家嘛。家,当然要时刻牵挂着喽。

17

父亲去世,我把母亲生拉硬拽地接到我家,她一个人太孤独了。在我家待几天,她急得像热锅上的蚂蚁,要回老家。妻怨嗔地说,妈,难道这里就不是你的家?都说手掌是肉手背也是肉,难道我们是你搭蛋抱的!母亲苦笑,说,谁说不是我家?你们这屋有你们住着,你二弟、三弟全家外出打工,门长年锁着,家不像家。屋要人住船要人撑,几天不开门窗,就发霉。家业再大,没人住没人看,也难成个家,屋就是人住的嘛。我回家,你们老家门楼不就撑起来了。临离开我家,母亲什么也不带,只是要了我们所有门上的钥匙,说是以后来,我们上班,她好进出。

我把系在母亲腰带上的钥匙解了下来,一数,六十七把。我掂掂,咋咋舌头,说,足有半斤重呢。

母亲欣慰,说,过去村东大财主石一万家驴驮钥匙马驮锁,想不到三十年河东三十年河西,我家也有六十八把呢。

你数错了吧,是六十七把。我纠正。

母亲坚持:六十八把。

母亲对着那些钥匙,像数家珍似的告诉我们:这是我的大门……这是老二家橱门……这是老三家贮藏室……这几把是你家的。

我对母亲的记性叹为观止。

母亲又说,你们都说不回家过中秋,我今儿早特地起得比往常还早,把几十道门全部打开,让庄子上的人以为你们都回家团圆了。把门打开,我呢,心里也就当你们都回家了。

再次数那串钥匙,还是六十七把。

我想,母亲是想让全家都发,讨个口彩吧。

我们正猜测,母亲从厨房出来,手里拿着一把钥匙,冲我妻说,这还有一把,在枕头下。我一看,母亲手里捏的钥匙,是寄存父亲骨灰盒灵位的那把。

母爱是沉甸甸的钥匙

赏析／安　勇

　　钥匙的作用本来是开启一只只锁，但如果把它们系在一位孤独的母亲腰间，钥匙就有了另一种特殊的作用，这就是开启一道道思念的门。母亲的钥匙就像一声声轻轻的呼唤，在想像中就喊回了离家在外的孩子。"把门打开，我呢，心里也就当你们回家了。"经常有人提出这样的问题——家是什么？读过这篇小说后，我说家其实就是一位母亲的思念。这份思念能建起一座座房屋，也能让不在身边的儿女聚在左右。这种思念无比深沉，它深深埋在一位母亲的情感里。在外面，我们只能看见一串沉甸甸的钥匙。而门和锁，却在她慈祥博大的心中。

当有一天，母亲因为拿一个废弃的铁锅被污辱和奚落时，她终于无法承受这份道德上的谴责，离开了人世。

母亲的九十九张欠条

文/郭 超

听说过这样一个故事：有一女子很早就死了丈夫，不得不带着三岁的儿子四处流浪，最后终于在一个工厂的食堂落脚，做零工。这样一干就是十五年，十五年来她含辛茹苦，倾其心力地抚养儿子。她的心血没有白费，儿子长大成人，品学兼优，现在是一所名牌大学的学生。同学们从他发表在校刊的一篇散文上知道他有一位可敬的母亲，他为此而骄傲。

一天，正在上课的他突然接到电报：母病危，速回。他如遭雷击。日夜兼程赶回家时，人们把他引进太平间。原来母亲已经去世多时了，是喝"毒鼠强"自杀的。他怎么也想不明白，母亲为什么自杀？办理完母亲的后事，他在家里发现了一个带锁的木盒，打开一看，目瞪口呆。里面有他的来信和一沓欠条，欠条上写的东西千奇百怪：今欠食堂包子两个……今欠食堂鸡蛋一个……今欠食堂瘦肉一两……欠条上的时间远的十几年前，近的半年左右。读着一张张欠条，他的眼前闪现出一幕幕往事。零工的收入微薄，家里的花销捉襟见肘，可是母亲却从来没让他失望过。别人孩子有的他一样不缺，母亲让他无忧无虑地茁壮成长，直至进入大学。母亲总是对他说：妈妈挣的钱够你花的。可怜的是他从来就没多想过。现在看来，母亲是背着多大的心理负担啊！原来，母亲经常从食堂拿东西回家，每拿一样她都打一个欠条留下，明摆着：欠条最终都是要还的呀！可怜的母亲一直没有这个能力偿还。他读着这些欠条，眼里的泪涌了一次又一次。

接下来的几天，他慢慢地清楚了母亲自杀的原因。几个月前，食堂由私人承包，母亲没人用了。儿子在异地他乡，她是他生活的惟一来源。为了凑够儿子每月两百元的生活费，她捡起了破烂。那天，从食堂经过，她看见一个破锅，犹豫再三，她还是拿起了它。可是，刚走不远就被食堂的人逮住了。"不是你家的东西都敢拿？以前还没偷够哇？狗改不了吃屎！"那人毫不客气地骂道。母亲羞愧难当，当天夜里就喝了鼠药。听完讲述,他被强烈的悲愤压抑着,恨不得杀了那人。

他花了两天时间,清理了家里的一切,然后离开了这个地方。那天早晨,工厂食堂的大门前围满了人,人们对着墙上的贴物议论纷纷。只见一张大白纸上贴满了欠条,每张欠条上贴着相宜的钱数:"包子两个"上贴着六角钱……"瘦肉一两"上贴着八角……"鸡蛋一个"上贴着三角……

一共九十九张欠条二百五十一元钱。

母爱的债务

赏析/安 勇

读完这篇小说后,我就在想,小说里的这位母亲是一个怎样的人呢?她利用自己在食堂做工的机会,一次次从食堂里拿回生活必需的物品。但母亲拿东西的目的是为了自己的儿子,为了儿子也能像别的孩子一样健康快乐地成长。从这个角度上说,她是位合格的母亲。而她每拿一次东西时都悄悄打下了一张欠条,为的是日后有能力时,把这些债务清还。但因为家境一直不好,这债务就一直重重地压在她的心头上。当有一天,母亲因为拿一个废弃的铁锅被污辱和奚落时,她终于无法承受这份道德上的谴责,离开了人世。从这一方面说,她还是位道德感极强的好人。所幸的是,母亲的儿子终于没有辜负她的期望,走进了大学的校园。有了这笔最宝贵的收益,我想,母亲的债务也应该能还清了吧!

是母亲的这种身份，让她抛开了自己受过的苦难，首先想到了自己的儿子。

娘从乡下赶来

●文/刘卫平

娘突然从七十公里外的乡下老家赶来，确实让我大吃了一惊。

娘进门的时候，我正在小屋里一边做饭，一边和女友小芳说笑。娘的到来，我做梦也没有想到。

娘轻易不出远门，很少串门走亲戚，就是邻村的外婆家，如果没有爹的许可，娘也不大回去。

娘实在太忙。屋里屋外一大堆诸如煮饭、种菜、薅草、喂猪的活儿像一条条绳索，缠着娘的脚。

是谁用这些绳索缠住了娘的脚呢？我常想：当然是爹。

在我的印象中，爹永远是个乡下人口中所谓的"懒贼"。看看娘的劳累，就会明白爹为什么优哉游哉；看看爹的清闲，就会明白娘为什么总是脚跟拍屁股似的忙碌。

可这次，娘怎会有空从七十公里远的乡下赶来找我呢？何况上个双休日，我第一次带着女友小芳到老家看爹娘，返回城里不是才刚刚两天吗？

上次带着女朋友回家，把爹娘乐坏了。临走时，娘还为我们准备了两袋子鸡蛋、薯片、豆角什么的要我提回城里。这不，鸡蛋、薯片、豆角还未吃完一半，娘就从乡下赶来，该不会有什么事儿？

"娘……您来了……出事儿？"我满脸的惊愕。

"没事儿！没事儿！"娘满脸笑容，"我来城里买样东西，顺便看看你们。"

我悬着的心放下了一大半。女友小芳站起来，为娘倒了茶。我麻利地煮饭炒菜，小芳陪娘坐着说话。

娘几次站起来准备帮我做饭菜，都被我和小芳劝住。

吃完饭，小芳先上班去了。娘这才关好门，对我认真地说起话来。

娘说："崽，我这次来，有件事儿，是你爹的意思，我也是这么想的。"

我点头。

娘说:"上次你带着她回来,我和你爹看了,什么都满意,就是觉得懒,只怕不体贴你。"

我知道娘说的"她"是指小芳。

娘说:"上回我在家里,她睡到八点多钟才起来,像个老太婆似的。两袋东西都要你提着,她提不得?"

娘说的"两袋东西"是我上回从老家提来的那两袋鸡蛋、薯片、豆角什么的。

娘说:"像今天,你在这里煮饭菜,她却坐着没事儿。我想帮帮你,她也拦着,还不是要你把她服侍得舒舒服服的。"

我说娘这么点小事儿您管她呢。

娘说:"你千万别把她惯懒了。现在还早,女人大都生得贱,刚跟着你爹的时候,我也是懒的,你爹把我打了几顿,打一顿变一个样儿。"

我什么都不好说了。

娘说:"我要赶紧回去,晚了,又该挨你爹骂了。崽! 你爹要我交代你,莫丢了我们刘家的脸。"

看着娘渐行渐远的影子,我的眼睛湿润了。有一句话,我终于没有说出来:娘,如果不是害怕从女友身上看到您的影子,我早就和小芳闹翻了。

忘我的爱

赏析／安 勇

小说里的娘是位含辛茹苦任劳任怨的乡下女人,她一辈子都在为丈夫、为孩子、为那个家操持着。但就是这样一位母亲,却在看过自己儿子的女朋友后,急急忙忙地从乡下赶了过来,告诉了儿子一句话:"你千万别把她惯懒了。现在还早,女人大都生得贱,刚跟你爹的时候,我也是懒的,你爹把我打了几顿,打一顿变一个样儿。"在这里,我不想去探讨这句话的批判意识,只说一说这句话里蕴含的情感。作为一个女人,她肯定知道自己的一生是被绳索牵绊的一生。但当她说出这句话时,她不仅仅是一个女人,更是一位母亲。是母亲的这种身份,让她抛开了自己受过的苦难,首先想到了自己的儿子。也是作为母亲,让她忘记自我,给儿子提了这样一个建议。

23

正是为了自己的孩子，她才敢一次次地冒险，一次次奔跑在列车和铁轨之间。

不要伤害我的母亲

● 文/赵德林

昨天夜里妹妹哭着打来电话。她告诉我：母亲被抓走了。我的心一沉，没想到这一天来得竟是这样快。我咬紧牙，可眼泪仍旧止不住地往下流淌。我稳了稳情绪，告诉自己不准哭，一定要坚强。因为还有妹妹，她才十几岁，这样突如其来的变故，她怎能承受啊！我不停地安慰着妹妹，让她安心学习，我会想办法的。妹妹好像找到了依靠，恋恋不舍地挂断了电话。

我静静地走出宿舍，躺在校园的草地上，在夜幕的掩盖下我的眼泪肆无忌惮地奔流。夜风吹过，我的感情如潮水般在脑海里奔腾。"感情对什么东西都能留下痕迹并且能穿越时空的。"母亲啊！你在哪里？不知你是否能感受到儿子的这份感情。你的儿子理解你，因为你所做的一切都是为了我———一个残疾的儿子。

母亲只是一个普普通通的农村妇女，她勤劳善良，乐观又胆小怕事。她仅上过几天学，只认识自己的名字，她和父亲勤勤恳恳地耕种着几亩薄田，近年来朝阳地区连年大旱，受灾严重，他们辛苦操劳了一年仅仅能收获勉强果腹的粮食。日子每况愈下，母亲却乐观地说："庄稼不收年年种，老天饿不死瞎家雀儿，总会有办法的。"可现实是残酷的。去年我们村农网改造，由于家里拿不出二百元的改造费而被断电。起初父亲有些不习惯漆黑一片的生活。他无奈地说："没想到生活一下子倒退了四十年。"说者无心听者有意。我的心里隐隐作痛，父亲已经五十多岁了，人说：五十而知天命。难道他的"天命"就是这样的生活吗？我羞愧难当。母亲见我的脸色不好，立刻接过话头说："满足吧！四十年前你还在吃大食堂呢，谁能顿顿吃上净面的饼子呀？"父亲不吭声了，我更加内疚了。

我上学时母亲借遍了所有的亲戚，终于送我进入了大学校门，此后每月她都准时寄钱给我。直到今年暑假我才知道，这些钱是如此的来之不易。那一天，我亲眼看到母亲和一群妇女躲在铁路旁的树林里，当那列客车开入小站时，她们挎着篮子冲出树林一窝蜂地涌到列车下叫卖。这列快车在我们这个小站错车,仅停三五分钟,母亲吃力地挎着篮子迈过纵横交错的废弃铁轨来到车窗下,低声叫卖,她的眼睛不时地惊慌四顾,她要提防着站内人员的驱赶,更要提防车上的铁路巡警下车抓捕。母亲身高不足一米五,她站在路基下必须把一袋水果举过头顶,抬起脚跟,吃力地跳两跳才能让车上的乘客抓到。看着母亲的背影,我的眼睛模糊了,我什么也不顾地跑过去,夺过母亲手里的水果往车上递。母亲当时的表情非常尴尬,大概她不愿让儿子看到她现在的样子。短短的三五分钟,列车开动了,这些人一哄而散。回到家后,我说:"明天我和你一起去吧?"母亲摇摇头说:"可不行!要是被巡警抓住是要坐牢的!"我着实大吃一惊,没想到这么严重,我忙劝她:"那你也别去了。"她固执地说:"赶紧凑两个钱儿,好把你送走。放心!我不会出事的!"

第二天我到工地上当了一名小工,替人筛沙子和灰。在干活时我无时无刻不为母亲提心吊胆,有一次我听母亲低声对父亲说:"我要被抓走了,千万不要交罚款赎我,你只管把顶棚上的钱拿着送孩子上学。"那一刻,我突然明白了许多……

假期过去了,我含着泪揣着一叠一元两元的票子回到了学校,没想到刚过这么几天母亲真的被抓走了,不知被带到哪里。我不敢想像母亲今后的生活,她是一个十分要强的人,她曾把人格和尊严看得比生命还重要,今天她却被抓进了拘留所。在乡下,人们把拘留所也看作监狱的,进过监狱的人是最让人瞧不起的,在这些农村人心中还有什么比让警察抓走更令人耻笑的呢?我仿佛看到母亲走在街上,一束束歧视的目光,让她抬不起头来;我仿佛听到人们的小声议论:那是一个贪财的婆娘,被抓进监狱过哟!母亲如果经受这些会怎样呢?她会哭的,但一定是躲在家里偷偷的哭。她会后悔吗?不会。为了儿子她甘愿付出一切,为了儿子她愿忍受一切……

有位日本作家曾说:"人类在出生时,就是带着感情而来的。"我认为那种最原始的感情就是对母亲的挚爱。我愿以生命做担保告诉所有的人:求求你们,不要伤害我的母亲,她并不坏!

殷切的希望，深深的母爱

赏析／安　勇

　　这篇小说里的母亲明明知道在火车站叫卖，会被警察抓起来关进拘留所，却仍然一次次冒险去做这件事情。结果有一天，她真的被抓了起来。看到这里可能有人会说，她怎么这样傻呢？她不再去卖东西不就行了吗？当然不行，因为她要"赶紧凑两个钱"好把上大学的孩子送走。她卖出的是水果，可收回的却是孩子上学所需的费用，是她帮助孩子成材的那份殷切的希望，也是饱含着无限深情的母爱。正是为了自己的孩子，她才敢一次次地冒险，一次次奔跑在列车和铁轨之间。明知不可为而为之，这就是母亲吧！只要是为了她的孩子。

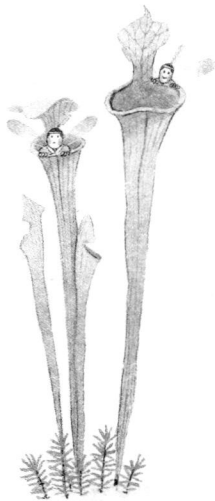

贫穷并不是自卑的理由,而且它还能成为一笔宝贵的财富。

母亲的纯净水

●文/乔　叶

　　这是我一个朋友的故事。

　　一瓶普通的纯净水,两块钱。一瓶名牌的纯净水,三块钱。真的不贵。每逢体育课的时候,就有很多同学带着纯净水,以备在激烈地运动之后,可以酣畅地解渴。

　　她也有。她的纯净水是乐百氏的。绿色的商标牌上,帅气的黎明穿着白衣,含着清亮腼腆的笑。每到周二和周五下午,吃过午饭,母亲就把纯净水拿出来,递给她。接过这瓶水的时候,她总是有些不安。家里的经济情况不怎么好,母亲早就下岗了,在街头卖零布。父亲的工资又不高。不过她更多的感觉却是高兴和满足,因为母亲毕竟在这件事情上给了她面子,这大约是她跟得上班里那些时髦同学的惟一一点时髦之处了。

　　一次体育课后,同桌没有带纯净水。她很自然地把自己的水递了过去。

　　"喂,你这水不像是纯净水啊。"同桌喝了一口,说。

　　"怎么会?"她的心跳得急起来,"是我妈今天刚给我买的。"

　　几个同学围拢过来:"不会是假冒的吧? 假冒的便宜。"

　　"瞧,生产日期都看不见了。"

　　"颜色也有一点儿别扭。"

　　一个同学拿起来尝了一口:"咦,像是凉白开呀! "

　　大家静了一下,都笑了。是的,是像凉白开。一瞬间,她突然清晰地意识到。自己喝了这么长时间的纯净水,确实有可能是凉白开。要不然,一向节俭的母亲怎么会单单在这件事上大方起来呢? 她忽然想起,母亲常常叮嘱她要把空瓶子带回来,——她以为母亲是想把空瓶卖给回收废品的人。而每次母亲递给她的纯净水都是已经开启过盖子的,她一直以为这是母亲对她小小的娇宠。

　　她当即扔掉了那瓶水。

"你给我的纯净水,是不是凉白开?"一进家门,她就问母亲。

"是。"母亲说,"外面的假纯净水太多,我怕你喝坏肚子,就给你灌进了凉白开。"她看了她一眼,"有人说你什么了么?"

她不做声。母亲真虚伪,她想,明明是为了省钱,还说是为我好。

"当然,这么做也能省钱。"母亲仿佛看透了她的心思,又说,"你知道么?家里一个月用七吨水,一吨水八毛五,正好是六块钱。要是给你买纯净水,一星期两次体育课,就得六块钱。够我们家一个月的水费了。这么省下去,一年能省六七十块钱,能买好几只鸡呢。"

母亲是对的。她知道,作为家里惟一的纯消费者,她没有能力为家里挣钱,总有义务为家里省钱。——况且,喝凉白开和喝纯净水对她的身体来说真的也没什么区别。可她还是感到一种莫名的委屈和酸楚。

"同学里有人笑话你么?"母亲又问。

她点点头。

"你怎么想这件事?"

"我不知道。"

"那你听听我的想法。"母亲说,"我们是穷,这是真的。不过,你要明白这几个道理:一,穷不是错,富也不是对。穷富都是日子的一种过法。二,穷人不可怜。那些笑话穷人的人才真可怜。凭他怎么有钱,从根儿上查去,哪一家没有几代穷人?三,再穷,人也得看得起自己,要是看不起自己,心就穷了。心要是穷了,就真穷了。"

她点点头。那天晚上,她想了很多。天亮的时候,她真的想明白了母亲的话:穷真的没什么。它不是一种光荣,也绝不是一种屈辱,它只是一种相比较而言的生活状态,是她需要认识和改变的一种现状。如果她把它看作是一件丑陋的衣衫,那么它就真的遮住了她心灵的光芒。如果她把它看作是一块宽大的布料,那么她就可以把它做成一件温暖的新衣。——甚至,她还可以把它看成魔术师手中的那种幕布,用它变幻出绚丽多姿的未来和梦想。

就是这样。

她也方才明白,自己在物质上的在意有多么小气和低俗。而母亲的精神对她而言又是多么珍贵的一种纯净水。这种精神在历经了世态炎凉之后依然健康,依然纯粹,依然保持了充分的尊严和活力。这,大约就是生活贫穷的人最能升值的财富吧。

后来,她去上体育课,依然拿着母亲给她灌的凉白开。也还有同学故意问她:

"里面是凉白开么？"她就沉静地看着问话的人说："是。"

再后来，她考上了大学，毕业后找了一个不错的工作，拿着不菲的薪水。她可以随心所欲地喝各种名贵的饮料，更不用说纯净水了。可是，只要在家里，她还是喜欢喝凉白开。她对我说，她从来没有喝过比凉白开的味道更好的纯净水。

最有味道的纯净水

赏析／安 勇

母亲用白开水冒充纯净水带给上体育课的女儿喝，当女儿终于知道真相，发现这个骗局时，却明白了一个深刻的道理——贫穷并不是自卑的理由，而且它还能成为一笔宝贵的财富。是呀，贫穷只是一种生活状态，它是人外在的生存环境，而与内心世界无关。虽然生活贫穷，但我们仍然可以在心里积攒下一笔财富，成为心灵上的富有者。我想，这才应该是人生当中最宝贵，也是最真实的一笔财富。因为再多的财富总有用完的一天，只有心灵世界中的宝藏，才会取之不尽，用之不竭。女儿说的非常对，母亲就是最纯净的水，因为她虽然没有给女儿外在的金钱和荣耀，却告诉了她一个朴实的道理，足以受用终生。

当儿子在外面的世界里获得成功后,重返故里,跪在母亲的坟前,他终于明白了老人的良苦用心。

娘

●文/陈永林

山子没了爹,娘就百般疼爱山子。

娘是个能人,啥事都会做,又治家有方,因而日子过得并不凄惶。进了山子家,看不出这是个没男人的家。

山子初中毕业,就没上学。山子没考上高中,娘要山子重读一年,山子死也不。山子就跟着娘一起弄土坷垃。

娘不要山子干田地活。娘不想让山子种一辈子田。娘问山子:"你就一辈子玩这土坷垃?"

"不玩土坷垃干啥?"山子闷闷地应了一句,仍埋头割稻。

"嚓嚓嚓……"

稻子在山子手里一把把整齐地倒下。

山子做田倒是把好手,可做田有啥出息?一年忙累到头,吃没好的吃,穿没好的穿。

"你就这样没志气?"娘好失望。

山子站起来,伸伸酸痛的腰:"可我能干什么?做生意没本钱不说,还没经验,弄不好就被人骗了。到外面打工,如找不到事,那得要饭回来。做田勤快点,吃穿还是不用愁的。"

"唉——"娘又失望地叹气。

极热,太阳火球样悬在头顶上。"男人应该有胆量闯。村里许多人没联系好打工的地方,还不都出去了?你是个男人,不应该女人一样畏畏缩缩,前怕狼后怕虎。"

山子不出声,仍割着稻。

想到山子甘于过她过的这种日出而作、日落而息单调乏味的生活,娘心里就酸。唉,只怪自己以前对他太溺爱了,啥事都护着他。

山子仍撅着屁股割稻。

山子的衣服被汗水湿透了,娘心疼,娘便狠心骂山子。

山子憨厚,娘骂他,也不还嘴,任娘骂。娘心里更气,觉得山子这窝囊样,啥事也干不成。

后来,娘的话越骂越难听。山子流着泪说:"娘,你咋这样嫌我?"

娘见了山子的泪,自己眼里也涩,可还是狠狠心,又骂山子。

山子说:"我就像不是你生的。"

"你就不是我生的。我后悔不该捡你这个没出息的窝囊废。"

"我不是你生的?!"山子怔了,拿眼问着娘。

娘点点头。

泪刷刷地淌下来了。山子说:"难怪你对我这么恶,原来我不是你生的。"山子跑回村躲进屋,砰地一声关上门。

娘的泪便掉下来了。

第二天天蒙蒙亮,山子就提着包,背着被子一步一回头地离开家。

娘立在古樟树后,目送着山子远去。

娘好想喊山子,可张了张嘴,没喊出声,泪水却糊满娘的脸。山子走得不见影,娘才喊:"山子,我的儿,我的儿。"其声凄哀悲恸,感染得树上的鸟也凄凄鸣咽起来。

山子一走三年,一点音讯也没有。

娘哀立在古樟树下望那惟一的连接县城的沙子路。

娘望着望着,眼里就发涩,就晃悠着湿湿的泪。

后来成了大款的山子回来时,娘的坟上已长满半人多高的青草。

村里的人都讲山子恶。

一老妇人说:"你出生时,差点要了你娘的命,可你……唉,你娘好命苦。"

"啥?你说啥?"

……

山子跪坐在娘的坟前。

"娘——"山子不停地磕头,额上的血把娘坟前的青石板都染红了。

谎言里的母爱

赏析／安 勇

生活在大自然里的好多动物,当幼崽(雏)可以独立谋生后,它们的父母都有将其驱逐出家门的生活习性。这样做的目的和残忍无关,而是要让孩子们尽快地走进大自然,去接受外面的风吹雨打,强迫它们迅速地成为一个独立的个体。也只有这样,小家伙们才会学会生存的本领,独自闯出一番天地来。这篇小说里的娘无疑就是这样一位深明大义的母亲,为了儿子能有出息,她甚至编造了一个谎言,终于把儿子赶出了家门。当儿子在外面的世界里获得成功后,重返故里,跪在母亲的坟前,他终于明白了老人的良苦用心。也终于懂得了,这种爱才是受用一生的财富。

如果我们都能像赵小雨一样，分清父母给我们花的钱里的味道，也许就会更加珍惜和感恩吧！

钱是啥味道

● 文／一 冰

开学第一天，我这个班主任正在班里忙着给学生们发新书，忽然，财务室的小杨在教室外面叫我。我一出门，她就拉住我边走边说："你们班的赵小雨的妈妈太不像话了，交学费交假币，孙科长让我叫你过去！"

我一听这话，也有些着急，赵小雨的妈妈真是糊涂，怎么交假币呢？影响多不好哇！赵小雨的家庭条件的确很艰难，爸爸去年下岗了，在街上蹬人力三轮车；妈妈在街头摆了个鞋摊，对付着过日子。一定是她在外面收了假币，或者还不知道呢。嗯，我是学生的班主任，我得尽量维护她的尊严。

我到了财务室，见赵小雨的妈妈正在跟孙科长争执着，我过去一问，原来刚才赵小雨的妈妈来交学费，小杨把钱收了，放到了抽屉里，收据也开好了，这时孙科长要出去存钱，小杨把抽屉里的钱又都拿出来核对了一遍，接着孙科长又点了一遍，刚看几张就发现了一张一百元的假币。因为赵小雨的妈妈是最后一个来交学费的，她交的那叠钱就放在最上面，所以孙科长他们就认定这钱是赵小雨的妈妈的。

我一听是这么回事，对小杨就有点不满意了：钱都收了，又塞进了抽屉，怎么就能判定是赵小雨妈妈给的假币呢？你怎么事先不好好看看？就是在银行里谁离开柜台还不认账呢！但碍于同事关系，我不好说什么，只对赵小雨的妈妈说："大姐，别着急，您再想想，这钱是不是您的？"

赵小雨的妈妈用满是老茧、还贴着胶布的手揉了揉通红的眼睛，说："鲁老师，你们也知道，我们来钱不容易，哪一张钱都是看了又看的，生怕收了假币。天地良心，我真的敢保证——不，我发誓，这钱不是我的！"

孙科长冷笑说："发什么誓呀，我们不相信这个，你要是不承认，就让赵小雨来！"

33

"不能让赵小雨来！"对孙科长的态度，我也有些生气了，说，"这是他妈妈的事，跟他没有关系！再说，还不一定是他妈妈的错呢！"

赵小雨的妈妈感激地看了我一眼，说："不要让小雨来！不要让小雨来！算了，这钱我赔了。"说着，她掀开外衣，在身上摸索了一会，掏出一个小布包，刚要掏钱，外面忽然传来一个声音："妈妈，您别急着赔！"接着，赵小雨从外面冲了进来。刚才赵小雨的妈妈跟孙科长发生争执，被班里的一个同学看见了，就告诉了赵小雨，他忙赶来了。

赵小雨拿起桌上的那张假币，在鼻子上嗅了一下，斩钉截铁地说："这钱不是我妈妈的！"

孙科长说："凭你说不是就不是了？你是她儿子，自然帮着她说话了！"

"不是就不是！"赵小雨瞪着孙科长说，"我妈妈的钱是啥味道我能嗅出来！"

"这可神了！"孙科长哈哈大笑起来，他用手指着屋里的人，还有外面围观的学生们说，"哈哈，他说他能嗅得出哪张钱是他妈妈的，哪张又是别人的，你们谁相信？哈哈，真是笑死人啦！"

这时，赵小雨转向我，镇静自若地说："鲁老师，我想请您帮我做一个试验，行不行？"我点点头，赵小雨又对孙科长和小杨说，"你们也可以参与这个试验——我妈妈这个布包还没有打开，我不知道里面有多少钱，更不知道里面有几张什么面值的纸币，但是，你们可以先把小布包里这些钱的号码记住，然后再把这些钱混在其他的钱里，我就能嗅出哪些是我妈妈的钱！"

这话一说出，我也吃了一惊，这怎么可能呢？赵小雨妈妈的钱数额不大，但张数却很多，大部分是一块两块、几毛面值的纸币，但为了给赵小雨的妈妈讨回公道，我同意了赵小雨的要求。我和小杨、孙科长把那些纸币的号码都记了下来，然后把这些钱都混到了财务室的其他纸币里。我们做这一切的时候，赵小雨并没看我们，他还让孙科长用一块黑布把他的眼睛蒙起来，镇定自若地面对着窗外。

最后，我们把钱放到赵小雨面前，这时，赵小雨竟然又说："我不用手摸，以免你们怀疑我作弊，这样吧，孙科长，你把钱一张张地放到我的鼻子前面，我说是的就交给鲁老师，我说不是的就交给杨阿姨。"

孙科长根本不相信赵小雨真能嗅得出钱的味道来，他就亲自上去一张张地把钱放到赵小雨的鼻子前面。赵小雨一张张地嗅着，他嗅得很快，不一会，那厚厚一叠钱就分成了两堆，然后我们对照着刚才的记录——查看，不由都惊呆了：赵小雨果真用鼻子分辨出哪些是他妈妈的钱，分毫不差！

在门口和窗外围观的同学一起鼓掌，掌声如雷。

　　孙科长有些傻了,好半天才反应过来,他问赵小雨:"小雨,你是怎么嗅出来的? 你妈妈的钱是什么味呢? "

　　赵小雨把钱叠好,郑重其事地交到妈妈的手里,然后他对孙科长说:"我妈常年在外面风吹雨淋,她患有严重的风湿病。为了省钱,她总是买那种最便宜的风湿膏,她的身上几乎贴满了风湿膏,所以妈妈的身上总有一种风湿膏的味道。她挣钱不容易,把钱看得很重,都藏在身上,所以……所以钱上就有一种风湿膏的味道……"

　　赵小雨说完,已经是泪流满面,他妈妈抚摸着他的头,颤抖着声音说道:"好孩子,妈妈没能让你过上好日子,妈妈对不起你……"

　　"不!"赵小雨说,"妈妈,我有您这样的妈妈已经很满足了! "

　　孙科长也流泪了,他挽着赵小雨妈妈的手说:"大姐,我,我对不起您……"

　　赵小雨"嗅钱"的奇事传开后,第二天,财务室的门缝里就塞进了一封信,那是那张假币主人的忏悔信,里面还夹着一张百元新钞……

独特的味道

赏析/安　勇

　　赵小雨的妈妈揣在怀里的钱,味道其实非常复杂。那浓浓的廉价风湿膏味,是母亲为生活操劳所受伤痛的味道,那里面饱含着母亲在病痛中的忍耐和坚持;钱里面还有母亲起早贪黑的忙碌和付出的味道,一个个辛勤的日子都一点一滴渗进了钱里,成了钱的一部分;钱里面还有母亲对赵小雨爱的味道。她一分一厘积攒起来的钱里,有孩子的学费、书费、生活费。钱里还有母亲盼孩子成材时,一种企盼和希望的味道。这时候,钱已经不再是单纯的货币,而成了母亲积攒下来的祝愿和梦想。也许正是因为有了这份希望作为支撑,母亲才能忍受住病痛的折磨和生活的艰辛吧! 如果我们都能像赵小雨一样,分清父母给我们花的钱里的味道,也许就会更加珍惜和感恩吧!

致命的母爱

● 文/［美］刘 墉

敌军冲进民宅,以枪口对准男主人的胸膛,命令女主人拿出仅存的食物,并占据了他们惟一的房间。

夜深了,筋疲力尽的敌兵纷纷睡去,月光洒进窗口,照在浑身泥沙、满脸倦容的敌兵身上。

"都是人子啊! 才十七八岁,还不全懂事呢! 在家恐怕还要母亲提醒他多穿衣服的孩子,只为了成人争权夺利,被强迫远离家乡,多么可怜!"瑟缩在墙角的女主人突然想到自己离家的孩子,一股母爱与同情油然从心底升起:"夜里多冷,那孩子的军毯居然滑落了!"

女主人缓缓站起,轻步走到敌兵的身边,惟恐自己的脚步会惊醒那年轻人的故乡梦。

"你的梦里或许正有着疼爱你的母亲吧!"女主人弯下身,拾起军毯为年轻人盖上。

突然,那敌军张开了双眼,吃惊地浑身震动,如同野兽般怒吼,明晃晃的刺刀穿透了女主人的胸膛,滴血的刀尖在月色下闪着寒光。

接着又一声枪响,冲过去援救的男主人,也倒在了血泊中。

"这女人居然想暗算我!"年轻的敌兵喃喃地抽出刺刀。

"妈啊! 幸亏我惊醒,也幸亏您在梦中的保护,否则我就再也见不到您了!"

幼吾幼，以及人之幼

赏析／安　勇

　　这篇小说读过后，我首先想到的是战争的残酷。想一想，如果那位母亲给那个年轻人披毯子的动作不是发生在你死我活的战争之中，而是发生在和平的年代里，在一列行进的火车上，或是一座农舍里，这样的悲剧就不可能发生了。接着我有一种假设，如果让那位母亲从血泊里站起来，再重新选择一次，她还会不会给年轻人披那条毯子呢？我想，她仍然会那么做的，因为她的动作出于一种母亲的本能。因为她在做这个动作时，想到的是自己的孩子。归根结底，因为她是一位母亲。在她的眼里，所有的孩子都是一样的，不管他是朋友还是敌人。也只有母亲才能本能地想到去遮挡孩子的寒冷，像古人说的那样"幼吾幼，以及人之幼"。

母爱如糖

化在掌心的糖

母爱是记忆中那滴滴浓香诱人的乳汁。我在母亲温暖而有力的怀抱中,闻着母亲身上散发的乳香,贪婪地吮吸着母亲甘甜的乳汁,听着母亲轻轻地哼着悠扬的摇篮曲,然后甜甜地睡着了。

母亲对孩子的那种爱,是和她的生命紧紧连在一起的,只要她还有呼吸,只要她的生命存在,这种爱就不会忘记和失忆。

母亲的心

●文/叶倾城

朋友告诉我:她的外婆老年痴呆了。

先是不认识外公,坚决不许这个"陌生男人"上她的床,同床共枕了五十年的老伴只好睡到客厅去。然后有一天出了门就不见踪迹,最后在派出所的帮助下才终于将外婆找回。原来外婆一心一意要找她童年时代的家,怎么也不肯承认现在的家跟她有任何关系。

哄着骗着,好不容易说服外婆留下来,外婆却又忘了她从小一手带大的外孙外孙女们,以为他们是一群野孩子,来抢她的食物,她用拐杖打他们,一手护住自己的饭碗:"走开走开,不许吃我的饭。"弄得全家人都哭笑不得。

幸亏外婆还认得一个人——朋友的母亲,记得她是自己的女儿,每次看到她,脸上都会露出笑容,叫她"毛毛,毛毛"。黄昏的时候搬个凳子坐在楼下,唠叨着:"毛毛怎么还不放学呢?"——连毛毛的女儿都大学毕业了。

家人吃准了外婆的这一点,以后她再说要回自己的家,就恫吓她:"再闹,毛毛就不要你了。"外婆就会立刻安静下来。

有一年"十一",来了远客,朋友的母亲亲自下厨烹制家宴,招待客人。饭桌上外婆又有了极为怪异的行动。每当一盘菜上桌,外婆都会警觉地向四面窥探,鬼鬼祟祟地,仿佛一个准备偷糖的小孩。终于判断没有人在注意她,外婆就在众目睽睽下夹上一大筷子菜,大大方方地放在自己的口袋里。当然是宾主皆大惊失色,却又彼此都装着没有看见,只有外婆自己,仿佛认定自己干得非常巧妙隐秘,露出欢畅的笑容。那顿饭吃得……实在是有些艰难。

上完最后一个菜,一直忙得脚不沾地的朋友的母亲,才从厨房里出来,一边问客人"吃好了没有",随手从盘子里拣些剩菜吃。这时,外婆一下子弹了起来,一把抓住女儿的手,用力拽她,女儿莫名其妙,只好跟着她起身。

外婆一路把女儿拉到门口,警惕地用身子挡住众人的视线,然后就在口袋里掏啊掏,笑嘻嘻地把刚才藏在里面的菜捧了出来,往女儿手里塞:"毛毛,我特意给你留的,你吃呀,你吃呀。"

女儿双手捧着那一堆各种各样、混成一团、被挤压得不成形的菜,好久,才愣愣地抬起头,看见母亲的笑脸,她突然,哭了。

当疾病切断了外婆与世界的所有联系,让她遗忘了生命中的一切关联,一切亲爱的人,而惟一不能割断的,是母女的血缘。她的灵魂已经在疾病的侵蚀下慢慢地死去,然而永远不肯死去的,是那一颗母亲的心。

母爱的本能

赏析／安 勇

朋友的外婆精神失常后,老人的生命就还原成一种原始的本能,这时,所有尘世间的记忆基本上都不存在了,以前相处的人和熟悉的事物也都变得陌生了。但有一样东西却还是无法忘记,这就是对自己孩子的呵护和爱。我不知道这种现象在医学上是否能找到一个合理的解释,但从人性的角度上却完全可以理解。因为母亲对孩子的那种爱,是和她的生命紧紧连在一起的,只要她还有呼吸,只要她的生命存在,这种爱就不会忘记和失忆。而这时的孩子,仍然是她抱在臂弯里的儿童,需要她的保护和关照,让她接连不断地做出一个个反常的举动。这就是母亲的心吧,只要不停止跳动,就能感知到女儿的存在。

正是因为有了这些琐碎却感人的日常小事,母亲才能微笑地面对生活,面对失去丈夫的不幸,才能支撑起这个残缺不全的家。

我和我的孩子

● 文/[新加坡]阿 达

她轻轻地,一面抚着肚子,一面慢慢地走上楼。身旁的小儿子问:"妈妈,宝宝在你的肚子里有多大了?"

她笑着对他说:"有两个橙子那么大吧。"

"那你的肚子怎么那么大?"

"哦,宝宝吃得饱饱的,所以妈妈肚子看起来才这么大。"

"我没见宝宝吃东西啊。"

"哦,妈妈刚才不是吃了一碗面吗,妈妈吃了什么,宝宝就吃什么。"是的,刚才将两套做好的衣服给人送了去,挣了六十元,可以请孩子和自己吃碗云吞面,解一解孩子的嘴馋。

"宝宝也喜欢吃面吗?"

"宝宝不会挑食,妈妈吃什么,宝宝就吃什么。"

今天赚了六十元,明天再做一套,就可得四十元,算来这星期赚了一百五十元,手头有点宽裕,可以想想要买些什么菜。

"我也不会挑食。"她听儿子这么一说,忍不住轻轻地在他粉嫩的脸颊上捏一捏。

"好,今天妈妈煮菠菜,你也要吃啊。"

"宝宝会吃菠菜吗?"小儿子还是不安地问。她听了不禁莞尔。

"妈妈吃的,宝宝也会吃。"她笑着说。

每天回家,小儿子总有问不完的话。虽然有时难免会叫人心烦,但和孩子的对话,总有许多意想不到的收获。儿子昨天就问,天为什么是蓝色的,她就用书上学来的知识说,那是因为水分子的关系。她说后却发现儿子没有答腔。停了手中的针线活儿,别过头去看他,只见儿子一脸疑惑地望着自己,她忽警觉,儿子是听不懂这些的,她忽然反问儿子,为什么云是白色的?

儿子想了想答道,因为云是棉花做成的,所以是白色的。

她看着儿子那胖嘟嘟的脸,说话时天真的憨态,不由得伸手将儿子拉进自己的怀里,然后轻声在儿子的耳边说,妈妈昨天采了一些棉花云,做了个小枕头给你。在孩子的世界里,一切都是缤纷美丽的,连带地将自己灰沉沉的心也染上了美丽的色彩。

"真的?"儿子双眼放出异彩。

"真的,就在你的房里。""噢……"儿子欢呼着一阵风似的飞进房间,又一阵风似的飞出来。出来时,儿子的手上多了一个蓝色枕头套的小枕头。"谢谢妈妈。"她笑着摸着孩子柔软的头发。"不用客气。"她学着孩子的腔调说道。

儿子的枕头是帮人家裁衣剩下的布料制成的。孩子长大了,以前的那个看起来小了很多。是该给孩子做个新枕头的时候了。她想。

儿子有时会问,草为什么是青色的?过后她反问时,儿子竟说,因为草是妈妈喜欢的颜色。她忍不住一把将儿子抱起,在他的脸颊上亲吻。我爱你,小宝贝。儿子只是咯咯地笑,笑声如银铃。

这时,感到身体有点累,于是她一面摩挲着肚皮,一面快速地将桌上的东西收拾好。她想到房间去躺一躺。儿子这时又问:"宝宝累了吗?"

"是啊。"

"怎么宝宝什么都不用做也会累?"

"因为妈妈早上给宝宝讲了许多故事,所以宝宝听累了,想睡一觉。"

"我也想陪宝宝睡觉。"

"好啊。"

她牵着孩子的手轻轻踱进房里时,经过了供奉神像的桌子,一眼就瞥见桌旁摆着一张相片。相片里是一张俊秀、年轻的脸孔。

她记得自己说过:老公,放心,我一定会好好地和孩子活下去的。

她的丈夫在三个月前路过一座楼下时,被一个自高空飞下的花盆砸中,在医院里挣扎了两个钟头身亡。

"放心"这两个字,是她亲口对弥留的丈夫许的诺言。

苦涩中的温馨之花

赏析/安 勇

我们看到的是一个非常不幸的家庭，家庭中的丈夫刚刚死于一场意外事故。留下的是无助的母亲，年幼的孩子，还有一个尚未出生的胎儿。应该说，这样一个家庭，生活的滋味是苦涩的。但我们在读完这篇小说后，却从苦涩里品出了一股温馨和甜蜜的味道。从母亲和小儿子的几次简单的对话中，还有母亲对腹中婴儿的呵护里，我们都能读出一种美好的向往和生活的情趣。只是关于颜色和婴儿的几句简单对话，就营造出了温暖如春的氛围。正是因为有了这些琐碎却感人的日常小事，母亲才能微笑地面对生活，面对失去丈夫的不幸，才能支撑起这个残缺不全的家。

母亲是在用这种独特的方式注视着儿子的人生中的分分秒秒,分享他的喜悦,也抚去儿子心头的忧伤啊。

母 亲 的 表

● 文/杨永明

我下乡的时候,母亲从手腕上取下她戴的那块"上海"表,说:"你戴上吧。"

后来,我参了军,以后又进了工厂,一直戴它。直到结婚前,我才用自己积攒的钱买了一块"英纳格"表。

一次,母亲来玩,翻抽屉时,见到那块"上海"表,便索拿去了。

妻问:"这么块老掉牙的表,妈要它干啥?"

我说:"可能是老人的一种怀旧情绪吧。"

我参加电大考试的时候,学习资料匮乏。一日,天下雪,奇寒。妻上夜班,我也因加班晚回来了一会儿。上楼时,借昏暗的廊灯,我见一位老人站住自家门前,边跺脚,边哈气,浑身打着哆嗦。

"妈——"

进屋后,母亲还未将冻僵的身子暖和过来,就急匆匆从包里取出一摞资料,说:"这是你爸借来为你抄的。"

第二天,母亲要回去了。临走,她从一块绸子里取出那块"上海"表,说:"亮儿,考试时,你一定要将它戴上。"我送母亲走了一截路,路上,母亲还再三叮嘱这件事。

母亲走后,妻说:"老人也怪,放着好表不戴,非让戴这块旧表。"

我默然。

戴上这块"上海"表,我考上了电大。考完试,我又将这块表还给了母亲。

后来,图方便,我买了一块石英表,又将"英纳格"送给了母亲。

一晃多年了。有一次,我和妻去父母家,晚饭后,大家高高兴兴看电视。看了一会儿,我见母亲不在身边,便到隔壁屋里去喊她。一推门,见母亲正坐在台灯前,痴呆呆瞅着那块"上海"表。

化在掌心的糖

感动系列

45

我轻轻掩上了门。

妻猜想："妈可能信迷信,认为表是吉祥物吧。"

我说："那倒未必,妈可能有一种更深的寓意,比如说让我们珍惜年华,不要虚度青春。或者……"

我们越猜越觉得这里面内涵的深邃和母亲胸襟的博大。

父亲默默听着,坐在一旁含笑不语。

这时,母亲出来了,我和妻争着将各自的猜想告诉她,让她给予一个公允的裁决。

母亲笑了,她说："我可没多少文化,哪像你们想那么多。怀旧嘛,是有点。但我想得更多的是亮儿戴上它,我就好像在他身边……"

母爱的象征

赏析／安 勇

我想,母亲对子女的呵护和关怀是无处不在的,也是千变万化的。风雨中,她是我们头顶上的那把伞;寒冷里,她是我们身上的那件棉衣;离家在外时,她是一句叮咛和嘱托。在这篇小说里,母亲的呵护变成了一块很老很老的上海牌手表。这样一块手表,戴在儿子的手腕上,就有了非凡的含义。正像母亲说的那样,"……亮儿戴上它,我就好像在他身边……"一句朴实的话语,却有着数不清的深情。母亲是在用这种独特的方式注视着儿子的人生中的分分秒秒,分享他的喜悦,也抚去儿子心头的忧伤啊。

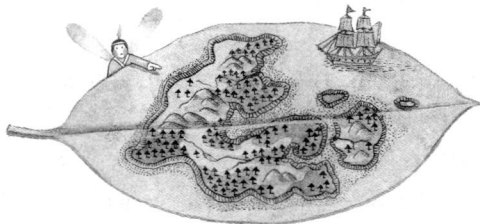

我的母亲和小说里的这位母亲一样,哪怕离得再远,也在照看着她们的孩子。因为她们不是用眼睛看,而是用心去感知的。

感　　觉

● 文/展　静

　　江南一村,风光秀丽,一条河环抱着村庄。傍晚,炊烟袅袅,红红大大圆圆的太阳挂在屋檐下。

　　云云妈在家做饭,邻居小孩拉八岁的云云去河边洗澡。

　　云云妈隔着窗户说:"云云,不要到深水里去,早点回来。"

　　"知道了。"云云边走边说。

　　环村河有一大片浅水滩,每到傍晚,就有一二十个小孩在这里玩水,云云每天也要和小伙伴去,拦不住。

　　云云爸出外做工去了,两个人的饭简单。云云妈做好了饭,正在收拾桌子,突然感到心里一阵难受。

　　云云妈坐下来喘一口气,就听到村头有人喊:"淹死小孩了,淹死小孩了。"

　　云云妈听到这话,心"咚"的一下掉到脚下。

　　云云妈浑身无力,哆嗦,冒汗。她撑着往外走,挪到门口,看到巷子里很多的人往外跑。

　　云云妈嘴里"我的儿呀,我的儿呀"喊着往外跑。那也不叫跑,冲一步,歪一下,撞一步,蹲一下,又扶着墙大喘,脸色吓人,嘴里念叨:"我的儿呀,我的儿呀。"

　　两个女人见状,过来扶着她,连拖带架往河边去。

　　好不容易到了河边,只见人围成一圈站着。

　　云云妈一下甩开左右两个女人,扬起双臂,以超人的速度往前疯跑,嘴里大喊:"我的儿呀,我的儿呀。"

　　离人群还有几步,她一下扑倒,手脚并用爬过去,看到云云仰面躺在地上。

　　云云妈一下扑到儿子身上,悲痛欲绝,号啕大哭:"我的儿呀,我的儿呀。"

这时,一个小孩蹲在云云妈跟前说:"妈,我在这里。"

"云——云。"云云妈一下抱住儿子。

云云妈抽噎着双手捧住儿子头左看右看。她又侧头看一眼地上的孩子,再次掉泪哭起来:"这是谁家的孩子,好可怜哟。"

母爱的神奇力量

赏析/安 勇

读这篇小说时,我想到了自己小时候发生的一次事故。那时我大概六七岁,是个淘气得恨不能把天捅出个窟窿来的孩子。在墙头上走路,下河里洗澡,每天变着花样地调皮捣蛋。有一天上午,我在爬一根电线杆时,被固定电杆的铁丝刮到了眼睛。当时,我只觉得脸上一凉,血就流了下来。然后就被大人七手八脚地送到了医院。后来,我才知道,就在我出事的同一时刻,正在离我很远的场院上干活的母亲,突然抖了一下,把肩膀上扛着的一筐玉米摔到了地上,原因是她感觉到我出了事。我的母亲和小说里的这位母亲一样,哪怕离得再远,也在照看着她们的孩子。因为她们不是用眼睛看,而是用心去感知的。虽然小说结尾处,那位母亲发现出事的并不是自己的孩子,但她在感觉中已经经历了一次打击,在她向河边奔跑时,她那颗母亲的心,已经开始流泪了。这种感觉大概就是母爱吧。

史铁生先生最后能成为著名的作家，写出一部部小说，和母亲的关怀和爱是密不可分的。

秋天的怀念

● 文/史铁生

　　双腿瘫痪后，我的脾气变得暴怒无常。望着望着天上北归的雁阵，我会突然把面前的玻璃砸碎；听着听着李谷一甜美的歌声，我会猛地把手边的东西摔向四周的墙壁。母亲就悄悄地躲出去，在我看不见的地方偷偷地听着我的动静。当一切恢复沉寂，她又悄悄地进来，眼边红红的，看着我。"听说北海的花儿都开了，我推着你去走走。"她总是这么说。母亲喜欢花，可自从我的腿瘫痪后，她侍弄的那些花都死了。"不，我不去！"我狠命地捶打这两条可恨的腿，喊着："我活着有什么劲！"母亲扑过来抓住我的手，忍住哭声说："咱娘儿俩在一块儿，好好儿活，好好儿活……"

　　可我却一直都不知道，她的病已经到了那步田地。后来妹妹告诉我，她常常肝疼得整宿整宿翻来覆去地睡不了觉。

　　那天我又独自坐在屋里，看着窗外的树叶"刷刷啦啦"地飘落。母亲进来了，挡在窗前："北海的菊花开了，我推着你去看看吧。"她憔悴的脸上现出央求般的神色。"什么时候？""你要是愿意，就明天？"她说。我的回答已经让她喜出望外了。"好吧，就明天。"我说。她高兴得一会儿坐下，一会儿站起："那就赶紧准备准备。""唉呀，烦不烦？几步路，有什么好准备的！"她也笑了，坐在我身边，絮絮叨叨地说着："看完菊花，咱们就去'仿膳'，你小时候最爱吃那儿的豌豆黄儿。还记得那回我带你去北海吗？你偏说那杨树花是毛毛虫，跑着，一脚踩扁一个……"她忽然不说了。对于"跑"和"踩"一类的字眼儿，她比我还敏感。她又悄悄地出去了。

　　她出去了，就再也没回来。

　　邻居们把她抬上车时，她还在大口大口地吐着鲜血。我没想到她已经病成那样。看着三轮车远去，也绝没有想到那竟是永远的诀别。

　　邻居的小伙子背着我去看她的时候，她正艰难地呼吸着，像她那一生艰难的生活。别人告诉我,她昏迷前的最后一句话是:"我那个有病的儿子和我那个还未成年的女儿……"

又是秋天,妹妹推我去北海看了菊花。黄色的花淡雅,白色的花高洁,紫红色的花热烈而深沉,泼泼洒洒,秋风中正开得烂漫。我懂得母亲没有说完的话,妹妹也懂。我俩在一块儿,要好好儿活……

母爱让儿子重新扬起生命之帆

赏析/安　勇

在读这篇文章之前,我曾经不止一次地读过史铁生先生那篇著名的散文——《我与地坛》,每读一次都会被感动一次。尤其是读到文中有关作家母亲的那些篇章时,更让我不由得热泪盈眶。在《我与地坛》中,我看到了一位和本文中一样的母亲,她默默地关注着自己残疾的儿子,躲在远处,静静地看着儿子的一举一动,悄悄想着帮助儿子的办法,不为人知地在心里流下牵挂的泪水。

"听说北海的花儿都开了,我推着你去走走。"这是一句多么平常,又多么感人至深的话呀,母亲是怕儿子闷在家里,于身心不利,才提出了这样一个看似平常实则满怀爱意的要求呀。应该说,史铁生先生最后能成为著名的作家,写出一部部小说,与母亲的关怀和爱是密不可分的。正是因为有了母亲的爱做后盾,才让他一次次鼓起了生活的勇气。作家虽然残疾了,但母亲无疑就是他行走的双腿。

正是这种母亲博大的胸怀，让继子发自内心地喊出了一声“妈”。也让继子明白了，这位没有血缘关系的母亲，要用一生去书写，而且，永远也写不完。

母亲，一本写不完的书

●文/肖复兴

世上有一部永远写不完的书，那便是母亲……

那一年，我的生母突然去世，我不到八岁，弟弟才三岁多一点儿，我俩朝爸爸哭着闹着要妈妈。爸爸办完丧事，自己回了一趟老家。他回来的时候，给我们带回来了她，后面还跟着一个小姑娘。爸爸指着她，对我和弟弟说：“快，叫妈妈！”弟弟吓得躲在我身后，我噘着小嘴，任爸爸怎么说就是不吭声。“不叫就不叫吧！”她说着，伸出手要摸摸我的头，我扭着脖子闪开，说就是不让她摸。

望着这陌生的娘儿俩，我首先想起了那无数人唱过的凄凉小调：“小白菜呀，地里黄呀，两三岁呀，没了娘呀……”我不知道那时是一种什么样的心绪，总是忐忑不安地偷偷看她和她的女儿。

在以后的日子里，我从来不喊她妈妈，学校开家长会，我硬是把她堵在门口，对同学说：“这不是我妈。”有一天，我把妈妈生前的照片翻出来挂在家里最醒目的地方，以此向后娘示威，怪了，她不但不生气，而且常常踩着凳子去擦照片上的灰尘。有一次，她正擦着，我突然向她大声喊道：“你别碰我的妈妈。”好几次夜里，我听见爸爸在和她商量：“把照片取下来吧！”而她总是说：“不碍事儿，挂着吧！”头一次我对她产生了一种说不出的好感，但我还是不愿叫她妈妈。

孩子没有一个是省油的灯，大人的心操不完。我们大院有块平坦、宽敞的水泥空场。那是我们孩子的乐园，我们没事便到那儿踢球、跳皮筋，或者漫无目的地疯跑。一天上午，我被一辆突如其来的自行车撞倒，重重地摔在水泥地上，立刻晕了过去。等我醒来的时候，已经躺在医院里了，大夫告诉我：“多亏了你妈呀！她一直背着你跑来的，生怕你留下后遗症，长大了可得好好孝顺她呀……”

她站在一边不说话，看我醒过来便伏下身摸摸我的后脑勺，又摸摸我的肚子。我不知怎么搞的，第一次在她面前流泪了。

"还疼？"她立刻紧张地问我。

我摇摇头，眼泪却止不住。

"不疼就好，没事就好！"

回家的时候，天已经全黑了。从医院到家的路很长，还要穿过一条漆黑的小胡同，我一直伏在她的背上。我知道刚才她就是这样背着我，跑了这么长的路往医院赶的。以后的许多天里，她不管见爸爸还是见邻居，总是一个劲埋怨自己："都赖我，没看好孩子！千万别落下病根呀……"好像一切过错不在那硬邦邦的水泥地，不在我那样调皮，而全在于她。一直到我活蹦乱跳一点儿没事了，她才舒了一口气。

没过几年，三年自然灾害就来了，只是为了省出家里一口人吃饭，她把自己的亲生闺女，那个老实、听话，像她一样善良的小姐姐嫁到了内蒙古。那年小姐姐才十八岁，我记得特别清楚，那一天，天气很冷，爸爸看小姐姐穿得太单薄了，就把家里惟一一件粗线毛大衣给小姐姐穿上，她看见了，一把给扯了下来："别，还是留给她弟弟吧，啊！"车站上，她一句话也没说，只是在火车开动的时候，向女儿挥了挥手。寒风中，我看见她那像枯枝一样的手臂在抖动，回来的路上她一边走一边叨叨："好啊，好啊，闺女大了，早点寻个家好啊，好！"我实在是不知道人生的滋味儿，不知道她一路上叨叨的这几句话是在安抚她自己那流血的心。她也是母亲，她送走自己的亲生闺女，为的是两个并非亲生的孩子，世上竟有这样的后母？望着她那日趋隆起的背影，我的眼泪一个劲往外涌。"妈妈！"我第一次这样称呼了她，她站住了，回过头来，愣愣地看着我不敢相信这是真的，我又叫了一声"妈妈"，她竟"呜"的一声哭了，哭得像个孩子。多少年的酸甜苦辣，多少年的委屈，全都在这一声"妈妈"中融解了。

母亲啊，您对孩子的要求就是这么少……

这一年，爸爸因病去世了，妈妈先是帮人家看孩子，以后又在家里弹棉花、攉线头，她就是用弹棉花攉线头挣来的钱供我和弟弟上学。望着妈妈每天满身、满脸、满头的棉花毛毛，我常想亲娘又怎么样？！从那以后的许多年里，我们家的日子虽然过得很清苦，但是，有妈妈在，我们仍然觉得很甜美，无论多晚回家，那小屋里的灯总是亮的，橘黄色的灯光里是妈妈跳动的心脏。只要妈妈在，那小屋便充满温暖，充满了爱。

我总觉得妈妈的心脏会永远地跳动着，却从来没想到，我们刚大学毕业的时候，妈妈却突然地倒下了，而且再也没有起来。妈妈，请您在天之灵能原谅我们，原谅我们儿时的不懂事，而我永远也不能原谅自己。我知道在这个世界上，我什么都可以忘记，却永远不能忘记您给予我们的一切……世上有一部永远写不完的书，那便是母亲。

用一生去感动的爱

赏析／安　勇

　　一位继母想要真正走进一个家庭，被继子们心甘情愿地接受，付出的东西显然要比一般的母亲多得多。她首先要做的就是赶走继子们因为失去母亲，在心头留下的那个阴影，还需要缓解孩子们因为对生母的怀念，而对她产生的敌对情绪。这篇文章中的母亲显然是位合格的母亲。为了继子的生活，她甚至不惜把自己亲生的女儿远嫁他乡。继子出了事情，她尽心尽力地服侍照顾。正是这种母亲博大的胸怀，让继子发自内心地喊出了一声"妈"。也让继子明白了，这位没有血缘关系的母亲，要用一生去书写，而且，永远也写不完。

曾有人说微型小说是一种结尾的艺术,这篇作品无疑便是这一理论的一个很有力的证据。

母亲的惩罚

●文/林 雪

小刚用两块钱买练习本,店主却怂恿他买六合彩。小刚真的买了两块钱六合彩,而且买中了,两块钱变成了八十元。他买了很多东西带回家。母亲问他哪来这么多钱。小刚说:"买六合彩赢了八十元。"母亲一巴掌打在他的脸上,骂道:"不准买六合彩,那是赌博!"

小刚非常委屈,店主开导他说:"那是因为你买得不够多,如果你赢两千块钱回去,我不信,你妈会不高兴。"小刚觉得店主说得有理。他身上还有五十块钱,如果买中,刚好能赢两千元。小刚把五十元全部买了六合彩。可惜,这回没有买中,五十元有去无回。

小刚从来没有损失过这么多钱,心痛得像刀割一样。他发誓要把损失的钱赢回来。

开学时,母亲给了小刚三百块钱,让他交学费。小刚毫不迟疑地拿出二十元去买了六合彩,没中,再买二十元,还没中。少了四十元,就不够交学费了。他只好对老师说父母还没有给钱,回家却对父母说已经交了学费。小刚还有两百多块钱,他一心扑在六合彩上,每期都买二十元,希望把学费的深坑填平。可是,直到把两百多元买光,也没有再中过一次。小刚坐立不安,深夜还在床上烙大饼似的辗转反侧,无法入睡,成绩像自由落体一样,飞速下降。

有一天,班主任到家里来催交学费。母亲问小刚把钱拿去干什么了,小刚低下头说:"买六合彩。"母亲如闻晴天霹雳,头一仰,就昏了过去。小刚把母亲摇醒,跪下认错,发誓再也不买六合彩了。母亲流泪说:"你立一张字据给我,要是再买六合彩,就让妈剁下你一根手指。"小刚把母亲的话写到纸上,交给母亲保管。

为了尽快交上小刚的学费,母亲发疯一样挑沙卖,她的肩膀被扁担磨破了,渗出鲜红的血。两个星期后,母亲又一次把三百元钱交到小刚手里,动情地说:"知道妈为什么还让你自己拿钱去交学费吗?"小刚含着眼泪说:"知道,妈是相信我能做好孩子。"

去学校必须经过那个小店,店主又叫小刚买六合彩,小刚说:"永远不买了。"店主说:"我比你输得更惨,连续八十期没有买中,最近和我舅舅联系上,才一连买中六期。"小刚问:"你舅舅是干什么的?"店主说:"我舅舅在香港专搞六合彩,照他说的下,没有不中的。"小刚说:"那我也跟你下十块钱。"店主说:"下十块钱有什么意思?要下就下多一点,好把损失掉的辛苦钱赚回来。"小刚咬咬牙说:"好,那我就跟你下三百元,你下什么数?"店主贴着小刚的耳朵说:"十六。"小刚郑重地把三百元学费放到店主的手里,也押在"十六"上。

第二天,小刚去探消息,发现小店的门贴上了封条,旁人说,店主昨晚被警察抓走了。小刚的脑袋嗡一声响,但还想知道下得中没中,就又问昨晚是不是开出十六。旁人说:"不是十六,是十二。"小刚彻底绝望了,他失魂落魄地回到家,跪在母亲面前说:"妈,那三百元我又给买了六合彩,你剁我的手指吧。"母亲气得发抖,咬牙说:"伸手过来!"

小刚乖乖地把手伸过去。母亲操起一把菜刀,小刚心惊肉跳,不敢看,赶紧闭上眼睛。眼睛一闭,就听到"当"一声响,他浑身一颤,手上却并不痛。小刚睁开眼睛,看见地上有一摊血,血里有一根手指,这根手指非常粗糙。

恨铁不成钢的爱

赏析 / 汝荣兴

曾有人说微型小说是一种结尾的艺术,这篇作品无疑便是这一理论的一个很有力的证据——在这篇作品中,母亲最终以"剁断了自己的手指"去"惩罚"一而再、再而三地用交学费的钱去买六合彩的儿子小刚,一方面使作品在结构上十分有效地形成了那种奇峰突起的艺术冲击力,同时又使刹那间凸现在我们面前的母亲形象,充满了那种非常强烈的情感的震撼力和感染力,从而使我们(当然也应该包括小刚)永远永远都不会忘记那种"母亲的惩罚"。

在这一故事中,娘的黑发成了母爱的载体和象征。

黑　发

● 文／修祥明

娘长得俊,俊得赛过剧院里的戏子,墙上的美人画。

娘的头发长,洗完头,娘密密的长发盖过膝盖,像一棵雨后的垂柳儿。

娘的头发黑,比墨还黑! 像个棒槌形的线穗子。

娘姓肖,没有名。男人叫相德,人们便叫她相德女人,相德老婆,相德家里的,相德媳妇。儿子叫大金,人们便叫她大金他娘。

不少农村妇女都是这样被人称呼的。

那是个饥饿的年代。大人孩子饥一顿饱一顿,吃野菜、槐花叶……有的全家人还远离故土要饭求生去了。

在这节骨眼儿上,大金他娘的男人相德得病死了,大金才两岁。

她的日子就好苦好难熬。面对饥饿,庄户人除了绑票、断道、抢劫这些伤天害理的事不做,菜地里的三把韭菜、两把葱,坡里的地瓜、包米、花生等等,只要能充饥的庄稼或庄稼茎儿、叶儿、蔓儿,他们得机会就往家里偷。

那年月,干这事不算丢人。不过,庄户人治庄户人,有的是法儿。将村头的路口全派人封起来,搜身,翻筐筐篓篓。搜身搜衣袋、鞋窝、挽起的裤腿儿,将身上能掖住东西的地方搜遍。翻筐筐篓篓就把筐篓里的野菜和青草倒在地上,拨拉着找遍。

偷这股风总算刹住了。

其实,面对管束,庄户人从来是最老实也是最诚实的。但是,饥饿并没有被管束制止和改变。

墓地里就时有新坟立起。娘却把大金拉扯大了,虽说他长得那么单薄、虚弱。

大金是个孝子。放了学拾草、剜菜、挑水、扫天井,其余的时间全用在功课上。晚上,他总是拿着课本进入梦乡。他用差不多每次考试都是百分的好成绩,换得娘忧愁劳累的脸上一副笑模样。

大金很有出息。恢复高考那年,他考进北京的那所名牌大学,全县他考了第一名。

临行前,娘含着幸福的热泪说:"孩子,我没白拉扯你,你给娘争气了,我现在死了也咽下这口气了。"

娘没有死。几年后,大金拿着第一个月的工资放到娘的手里,说:"娘,你买点好吃的补补身子吧。"

娘握着三十块钱,像握着一把元宝似的,浑身颤抖起来,两眼滚出的热泪像豆粒那么大。那时的三十块钱,恐怕比现在的一千元还稀罕,娘这一生是头遭手里拿着这么多的钱。

娘来到天井。天井没垒院墙,抬头就是东邻、西舍和南屋的房舍,远处,邻居的屋顶和烟囱也映入娘的眼帘。

娘跪下来,把三十块钱放在身前,东西南北拜了四拜,然后把头上的发髻解开。

娘从发髻里拿出一个红绸布纱布袋。

大金望着磨去绒线、薄似透明的纱布袋,再望着娘,像面对一条难猜的谜语。

娘将三十块钱放到大金的手里说:"孩子,去买成烟、酒、糖、茶,还有点心,分给乡亲们。"

大金望着娘,觉得这条难猜的谜语还是不好猜,就愣怔着望着娘。

娘指着空空的纱布袋说:"当年,我就是用它偷人家一点点粮食,才没把你饿死。其实,是乡亲们把你拉扯大的。"

大金掉转身子,和娘并排着跪在一起,一股酸酸的、暖暖的滋味涌满他的胸窝。

母爱的秘密

赏析／汝荣兴

这是一个发生在"饥饿的年代"的故事。这是一个充满着"酸酸的、暖暖的滋味"的故事。在这一故事中,娘的黑发成了母爱的载体和象征。很显然,我们都不会想到娘的发髻里,竟藏着一个已"磨去绒线、薄似透明"的、使大金没在那个年代饿死的"红绸布纱布袋",而这一实在算得上是"难猜的谜语"的设计,既使原本十分平实的故事陡然起了曲折的波澜,又使故事那种"酸酸的、暖暖的滋味"得到了十分自然又十分艺术的强化。

在这世界上,只有母亲的眼睛,才能真正注视我一生。

谁能注视我一生

●文/侯德云

母亲是一个普通的乡村小学教师。一间教室,一块黑板,一支粉笔,还有一个家庭,构成她生活的全部内容。

我很想对她唱一首歌,反反复复地唱:小时候,我以为你很美丽,领着一群小鸟飞来飞去……

我也很想成为她那样的人。可惜,在我的愿望即将实现的时候,她突然去世了。

非常难以理解,母亲为什么要离开乡村的新鲜空气,为什么要离开她精心呵护的那一群小鸟,为什么要离开她最牵挂的父亲和我,以及我的兄弟姐妹。

母亲离开了我们,我们却离不开她。

父亲特别伤心,伤心到了愤怒的程度,他觉得苍天太不公平。

父亲说,我又没有做过伤天害理的事,老天爷凭啥要这样对待我?

连续很多天,父亲一直这样说。他是接受不了这样的事实啊。

我比父亲更伤心,世界上最爱我的人走了,我有一种被遗弃的感觉。我觉得自己成了一个孤儿。

父亲也是爱我的,可是,父亲的粗糙怎么能跟母爱的细腻相比呢?

在我很小的时候,乡村生活是很艰难的。种种的不如意,使父亲变得很暴躁,常常为一点儿鸡毛蒜皮的小事大发脾气。母亲却不是这样,她总是默默地承受。此外,她还有一种非凡的本领,能够从漆黑的夜色里看到黎明的霞光。她用霞光来抚慰父亲,直到他的脸色豁然开朗。

很多年后我才明白,父亲的暴躁,其实是一种男人式的撒娇,是一种发自灵魂的呼唤。他像一个受了委屈的孩子,渴望母爱的抚慰。

生活中有很多人,包括弱不禁风的女人,也包括虎背熊腰的男人,都是永远也长不大的孩子,你说是不是?

母亲离开我已经很多年了,但我永远也忘不了她,她的音容笑貌,至今还时常在我眼前出现。

我印象最深刻的,是母亲的眼睛。

母亲的眼睛中有一种泉水般的清澈。这种清澈的目光,使我的童年和少年时代,拥有过游鱼般的自由和欢乐。

母亲经常跟我说起我小时候发生的一件事。那时候我太小了,还不会走路嘛。我不是一个神童,肯定不会记得那么小的时候发生的事,但母亲一次又一次反复说起,使我不能不相信它真的发生过。肯定是真的,母亲从不说谎,她也没有理由为这样一件微不足道的小事对我说谎。

有一天,母亲看见我躺在土炕上睡着了,就悄悄锁了门,出去了。一定是有什么要紧的事,否则,母亲绝不会把她幼小的儿子一个人扔在家里。

按照母亲的说法,在她回家之前,我就醒过来了。

我应该用虚构的方式,来填补母亲回家前的那一段空白。

我睁开眼睛,把小脑袋转来转去,想看看母亲在哪里。我没有看见母亲,急得哭了起来。

我从土炕上爬起来,把小脑袋转来转去,想看看母亲在哪里。我没有看见母亲,急得又是一阵大哭。

我想尿尿,把小脑袋转来转去,想看看母亲在哪里。我没有看见母亲,只好自己尿了。尿液在土炕上洇开去,我感到小屁股底下有了一股水样的温热。

我饿极了,把小脑袋转来转去,想看看母亲在哪里。我没有看见母亲,却看见屁股下面有一条红色的大鲤鱼。我捉到了那条大鲤鱼,一小块一小块,把它身上的肉撕下来,填到嘴里吃掉。味道很好。

母亲笑着说,她回到家里,看见我把炕纸上的那条大鲤鱼都吃掉了,手指甲里塞满了泥,嘴角上也是泥。

说到这里,母亲突然不说了。她凝神注视着我,她的目光里有一种泉水的清澈。

母亲常常这样凝神注视着我。当我在学习上有了进步的时候,当我被评上三好学生的时候,或者,当我闯了祸的时候,母亲都会这样凝神注视着我。

我是在母亲的注视中一天天长大的。

我上大学的那一年,离开家的前夕,母亲最后一次跟我说起我小时候吃掉炕纸的事。她说,从那一天开始,她就知道,她的儿子长大以后会有出息。以前,她从来没有跟我说过这样的话。我并不知道她这样说的真正寓意是什么,直到大学毕业的那一年,我才真正懂得了她的良苦用心。

得到母亲去世的噩耗,我匆匆忙忙同时也是心慌意乱地赶回了老家。

在母亲的灵前,父亲流着眼泪交给我一个日记本,说,这是你母亲留给你的遗物。

那是一个空白的日记本。扉页上有母亲亲笔写下的一句话:儿子,你要在这本日记上,写满你一生的辉煌。

母亲!

我跪在灵前,用一颗滴血的心,一声声地呼唤着她。

我知道,母亲留给我的,不是一本空白的日记,而是一双眼睛。

我知道,在这世界上,只有母亲的眼睛,才能真正注视我一生。

深深的母爱

赏析／汝荣兴

读这篇作品,最值得我们注意的,是作家所使用的那种诗化的语言。当然,作家之所以要使用这种诗化的语言,是因为作家所感受到的,是一种诗化的母爱。是的,母亲之所以会始终记着我们小时候那诸如"吃掉炕纸"的点点滴滴,是因为"母亲的眼睛中有一种泉水般的清澈",并始终在用这样的眼睛"凝神注视着"我们;是的,我们应该永远记住,"在这世界上,只有母亲的眼睛,才能真正注视我一生"。

但她在我们心目中深深地、深深地留下的,却是一个那样美丽的形象,而且是一个无与伦比的美丽形象。

血　奶

● 文/孙　禾

女人没有名字。女人之所以被称为女人,因为她生了个孩子。

孩子也没有名字。

女人和孩子是淮河村的一个谜。

记得女人刚来淮河村的时候,还是个姑娘,一个身材、相貌都十分姣好的姑娘。用村里那些粗糙的男人们的话说就是,那女人看着得劲着咧。不过,村里的男人们并没有因为女人的好看而对女人做些什么,尽管他们很愿意多看她几眼。

从女人的外表看,看不出她是做什么的,或者说她能做些什么。一件免皱牛仔裤被洗得发白,紧身的 T 恤外面套着一件很长的的确良褂子,总敞着怀。女人白天总用一根长竹竿在河里探来探去,晚上则一个人坐在河边,或坝头上,对着河水发呆。有时,女人不该笑的时候也笑,还不时惊恐又半带好奇地偷偷抱抱村里的孩子,直至把孩子吓哭。村里有人说,这女人有些傻,可能是个疯子。后来村里人都这么说。

女人住在村西头靠近河边的河神庙里。

其实说是河神庙,也已经很久没有香火了。淮河年年涨水,村里人都不再信这个,于是年久失修,庙已非庙,显得是破败不堪。五年前,这里还曾住着一个军人,说是勘测水文搜集资料的,庙算是被简单地修葺过一回。一九九八年,也就是抗洪救灾的时候,军人在这里牺牲了,没人能记住他的名字。半年后女人就来了。

村里人谁也没想过女人和那个军人会有某种瓜葛。

其实,只有女人自己知道,她不傻,也不可能疯。

村里的女人们同情女人也可怜女人,对于女人住在村里的破庙里没说什么。女人对女人总能归于一种迁就。村里男人们觉得女人虽然有些怪异,但人看着确实得劲,于是也一点没表示反对。女人就这样很自然地住了下来。

没想到的是,这还不到一年的时间,女人就突然生了个孩子,怎么来说都是令小村人意外和惊奇的。在乡下人眼里,她毕竟是没男人的,没有男人的女人生了孩子,意味着什么? 村里的女人们对女人的同情和可怜随即就变成了辱骂,骂女人下贱,骂女人下流,骂女人勾引人家的男人,并边骂着边看紧了自家的男人。男人们私下里,看着女人极度淡漠的模样,虽不敢声张,但也直想攥紧拳头,把那个下流的、龌龊的家伙砸个稀巴烂。

女人什么也没说。

一天。两天。一月。两月。

女人仍住在破庙里。女人忍受着辱骂,背着孩子,光着脚,敞着怀,继续每天拿着竹竿在河水里认真地探来探去,没有半点的正经。女人是个坚强的女人。

其实,与很多的夜一样,这一夜,和往常没有什么区别。女人几乎习惯了。

也就是在这一夜,女人和孩子都还在沉睡中,小庙在暴雨中突然倒塌了。

一刹那,女人和孩子像坠入没有栅栏的山谷,坠入了黯黑无边的废墟中。坠落的过程,女人是惊惧而恐慌的。女人用整个生命保护着孩子。所幸的是,女人和孩子都没有因此而失去性命。只是,女人和孩子被这倒塌的废墟死死地埋困住了。在这河边上的村野中,女人的呼救是一阵风。

饥寒交迫中,女人把孩子紧紧地埋在怀中,生怕会再有一次令她毛骨悚然的坠落而惊吓到孩子。可是,孩子仍在女人的怀中不停地号啕大哭。女人慌乱地解开衣服,给孩子喂奶。女人这才知道,孩子饿了。

一天一夜后,滴水未进的女人,奶水越来越少。

三天三夜后,吮吸着女人干瘪乳房的孩子,哭声越来越弱。

困境中,女人一点点地陷入绝望。但女人一点都不甘心。女人在眼前的废墟中胡乱地挖掘着,期望能在这废墟中找到一点点可为孩子充饥的食物。就在这时,女人的手指突然碰到了一根钉子,一根透出木楔的钉子。女人的浑身猛一激灵。随即,女人用钉子刺破了自己的手指,然后塞进了孩子的嘴里。

一周之后,村民们在清理这片废墟的时候,才想起女人和孩子。

待村民们找到女人和孩子后,令他们惊奇的是,孩子竟然还活着,小嘴仍吮吸着女人的手指。可是,女人已经死去,脸色像棉花一样苍白。就在村民们抱起孩子的时候惊奇地发现,女人的个个手指都破了一个小洞。

女人为孩子献出了十指血奶。

站在废墟中的村民们,捧着一张捡起的军人照片,个个泪流满面。

义无反顾的母爱

赏析／汝荣兴

这是一篇动人心魄的作品,因为作品不仅为我们塑造了一位为抗洪救灾而牺牲了生命的军人妻子的可爱形象,更为我们塑造了一位为救儿子的生命而义无反顾地献出了自己生命的可敬的母亲形象。在这篇作品中,"女人用钉子刺破了自己的手指,然后塞进了孩子的嘴里"这一细节,已成为一个永恒的瞬间。因此,尽管女人最终"已经死去,脸色像棉花一样苍白",但她在我们心目中深深地、深深地留下的,却是一个那样美丽的形象,而且是一个无与伦比的美丽形象。

这篇作品要告诉我们的,不仅仅是母爱的坚韧与执著,更有母爱那种能"让所有人那面心灵之旗,在迷离中昭然"的强大的感召力。

替我叫一声妈妈

● 文/孙 禾

这是一个真实的故事,故事就发生在豫南光山。

故事的主人公是母子两人。母亲没有名字,儿子叫大木。

那天,大木被抓起来的时候,他终于后悔得哭了。

大木不是为自己哭。大木为他的母亲哭。大木说,自己守寡的母亲就自己这么一个儿子,自己坐了牢,母亲谁来照料呀? 大木说到这儿,就捶胸顿足,一张脸像泛滥的河。

大木被抓那天,母亲没有哭,只是在大木真的要被带走的时候,突然"扑通"一声给警察们跪下,堵在了门口。

但大木还是被带走了。大木被塞进警车的一刹那,还回头哭嚷着:妈——你没儿子了! 这喊声像鞭子一样抽着母亲的心。

大木被带走后,母亲就去看守所看大木,可每次母亲都看不到。

在看守所的大门外,母亲对看守所的警察说,我想看看我的儿子大木。警察说,现在还不能看。母亲说,那啥时候能看呢? 警察说,再等些时候。母亲就在看守所的高墙外绕啊绕,绕啊绕,泪在看守所的高墙外湿了一地。结果不到三天,母亲的眼就瞎了。

大木不知道。

瞎了的母亲每天只能在看守所的高墙外摸索着绕啊绕,绕啊绕,天黑了都不晓得。

后来,有人对母亲说,在看守所放风的时候,爬上看守所旁边的小山坡,就可以看见大木了。母亲信以为真。

母亲终于找到了那个小山坡。母亲刚爬上山坡,就感觉到山坡下有很多人,她坚信儿子大木就在里面。

母亲在山坡上摸索到了一块平整的地方坐好，就激动得开始一边哭一边喊：大木——大木——你在哪儿，妈来看你了！大木——大木——你在哪儿，妈来看你了……也不知母亲喊了多少遍。

就在母亲流不出泪喊不出声的时候，突然从山坡下传来一阵喊声——大木跪在人群中，拼命地磕着头，并撕心裂肺地喊着，不停地喊着。

原来，在山坡下放风的大木真的发现了母亲。

母亲一听到大木的声音，就颤抖着站了起来，唤得更勤，一双手摸向远方，平举得像一架飞翔的梯。

母子呼应的场面，让所有在场的人都历历在目，也让所有人的那面心灵之旗，在迷离中昭然目睹，在泫然中裸露悔恨。

就这样，一天，一天，一月，一月，母亲都准时地在大木放风的时候坐在山坡上，大木也准时在山坡下举着手臂对着山坡不停地挥着喊着。大木不知道母亲根本看不见他的挥手，母亲也不知道山坡下的人，哪一个会是她的儿子大木。

大木在看守所被羁押了一年后，就要被执行枪决了。大木即将在一声枪响之后，结束他那曾经因罪恶而不能延续的生命。

大木临赴刑场那天，哭着对同监舍的人说：你们也知道……我妈妈每天都要到对面的小山坡上……呼唤我的名字，风雨无阻……她的眼睛瞎了，听不到我的声音她会哭的，所以我走了后，你们谁听到……请替我叫一声——妈妈！大木说完后就泪如雨下了。

同监的犯人们听后，都沉默不语了。

那是一个风雨交加的晚上，母亲又要到山坡上看大木。所有的人都劝母亲不要去了，可母亲坚持要去，说大木还等着她呢，说见不到她大木会难过的，说见不到她大木会难熬的。于是，母亲就蹒跚进雨中。

路上，雨越下越大。

等母亲艰难地爬上山坡的时候，她的衣服鞋子全湿透了，浑身都水淋淋的。可母亲却无比高兴。母亲整理好雨披，就坐在山坡上开始无限怜爱地喊着：大木——大木——妈又来看你了……大木——大木——妈又来看你了！

母亲的喊声在空旷的山坡上无限地回旋着……

风一直刮，雨一直下。

其实，母亲看不到，就在此刻，山坡下已有几十名服刑犯齐刷刷地跪在雨中……

让人落泪的母亲

赏析／汝荣兴

　　其实，这篇作品要告诉我们的，不仅仅是母爱的坚韧与执著，更有母爱那种能"让所有人那面心灵之旗，在迷离中昭然"的强大的感召力。是的，"因罪恶而不能延续生命"的大木，在临赴刑场那天要求同监舍的人"替我叫一声妈妈"，无疑便是他那面心灵之旗已"在迷离中昭然"的一个表白，而作品结尾处那"山坡下已有几十名服刑犯齐刷刷地跪在雨中"的场面，则显然更是母爱那种强大感召力的一次集中又感人的生动显现。

娘之所以会义无反顾地收留匪首老二的儿子,并坚决地阻止住自己那十岁的儿子要"结果'阴阳脸'的生命"的企图,完全是那种比天宽、比地厚的母性使然。

匪 首 与 娘

● 文/钟秀林

故事发生在二战期间中国境内的满蒙地区。

一天,日军袭击了沙漠边缘的一个匪巢,因为土匪们竟然抢了日军的军火装备。匪巢里尸横遍地,只有匪首老二一人骑马冲了出去。

逃难的娘儿俩到这里时,日本人已经走了。横七竖八的尸体中,突然传来婴儿的哭声。娘走过去,扒开一具尸体,蹲下身子把婴儿抱了起来。突然,她叫了一声:"作孽呀!"面色就像纸一样的白了。儿子看见娘抱着的是一个左脸上有一大块青色胎记的婴儿,十岁的儿子也明白了,这是仇人——匪首老二的儿子。人说老天有眼,他作恶太多才得了这么个"阴阳脸"儿子的。

儿子还记得匪首老二的样子,豹子眼、络腮胡子,曾和爹有八拜之交,见了娘就粗声粗气地喊嫂子。两年前匪首老二入了匪窝,带领土匪攻打村子,爹率领大家杀了他十几个弟兄。后来,土匪们寻机杀死了爹,匪首老二还扬言要杀他全家。

十岁的儿子已经懂得报仇了,他要杀死匪首老二的儿子。他从地上捡起一块石头,准备用它结果"阴阳脸"的生命。娘打了他一巴掌,把他手中的石头也打掉了。儿子惊愕地看着娘,娘说:"娃,他也还是个娃哩!""阴阳脸"不停地啼哭着,娘把衣襟解开,让"阴阳脸"叼住了她的奶头。娘一手抱着"阴阳脸",一手拉着儿子,向沙漠深处走去,娘有一个远房亲戚在那边住。到了那儿,穿过沙漠,他们就能活命了。娘和儿子在匪巢没有找到一颗粮食。娘和儿子忍着饥饿,在沙漠里走了三天。

最后他们实在走不动了,就在一处沙丘旁坐下来。娘找到了一棵骆驼草,骆驼草粗糙糙的,长着一些小刺。娘就用鞋底把骆驼刺砸掉,又碾搓了半天,然后母子俩对付着吃。"阴阳脸"又哭起来,娘又把奶头塞进"阴阳脸"的嘴里。

这时逃进沙漠的匪首老二从望远镜里认出了他们。他驱马上前,准备杀死这娘儿俩好为他的弟兄们报仇。他拔出枪来向他们一步步逼近,一副杀气腾腾的样子。疲于奔命的逃亡生涯,使他灰头土脸,状如厉鬼恶煞,乱蓬蓬的胡子扎煞着,豹子眼里凶光四射。娘把儿子搂着,把"阴阳脸"从奶头上扯开,平静地说:"老二,这是你的种,你抱走。你要杀我们娘儿俩,你就杀吧。"

匪首老二看见了娘那正在滴血的奶头、"阴阳脸"的胎记和他嘴边的血迹。"阴阳脸"离了奶,又哇哇大哭起来。匪首老二明白了:一路上"阴阳脸"是靠吸娘的血乳活下来的,而娘和儿子嘴里正嚼着骆驼草哩!

这个凶悍的匪首愣了片刻,跳下马,一下子跪在了娘面前,磕了个头,哽咽着喊道:"嫂——娘!"然后,他翻身上马,掷下一袋炒面和一皮袋水,就一夹马腹,一溜烟似的跑远了。

后来,听说匪首老二那天击毙了好几个鬼子,最后被鬼子打成了蜂窝。

几十年后"阴阳脸"当兵做到了将军,将军当然知道了自己的身世,但是将军每次回乡探亲,总要给娘行个军礼,并大声叫道:"娘!"

母亲的胸怀

赏析／汝荣兴

逃难的娘儿俩在横七竖八的尸体中突然发现仇人匪首老二的儿子,显然是个巧合,但正是在这样的巧合中,娘的形象便显得那样的光彩照人。事实上,娘之所以会义无反顾地收留匪首老二的儿子,并坚决地阻止住自己那十岁的儿子要"结果'阴阳脸'的生命"的企图,完全是那种比天宽、比地厚的母性使然。所以,匪首老二最终"跪在了娘面前",以及他那"击毙了好几个鬼子,最后被鬼子打成了蜂窝"的结局,让我们看到的,是在那种比天宽、比地厚的母性的感召下所爆发的人性的力量。

对一个才五岁的孩子来说,母爱的幸福与甜蜜,或者说是想像中的那种母爱的幸福与甜蜜,却又千真万确如那糖豆一样的简单和感性啊!

一 颗 糖 豆

⬤ 文／赵 新

我四岁时便成了没娘的孩子,我记不清娘的模样。

常见别的孩子被娘抱着,被娘背着,被娘揽在温暖的怀抱里,喂饭喂水,喂奶喂汤,热了给扇扇子,冷了给添衣裳;而这些岁数比我还要大的孩子还在娘的跟前撒娇,想踩着娘的肩膀上树,想登着娘的脑袋去够天上的月亮;有时候把尿淋淋漓漓撒在娘的脸上,还高兴得手舞足蹈,乐不可支,问娘味道好不好,香不香。

娘们对自己的孩子总是又亲又啃,百般关爱,总是眉开眼笑地点着头说,好,好,小孩尿,赛如药,这尿味道又香又甜,又甜又香。

我看得如痴如醉。我也想踩着一个人的肩膀上树,我也想登着一个人的脑袋去够天上的月亮,我也想把尿撒在一个人的脸上,然后手舞足蹈地问,味道好不好,香不香。

可是我哪里也找不到娘。

我跑回家里,十八岁的哥哥正蹲在灶前做饭。

我说:哥呀,咱娘哩?

哥说:咱娘死了。

我说:什么叫死了?

哥说:死了就是死了,你说什么叫死了?

我说:娘为什么死了?

哥说:娘有病,娘病死了。不是娘死了,我能蹲在这里给你做饭?这是男人干的活儿吗?

柴火淋了雨,又湿又潮不好烧,屋里到处是烟,哥哥的眼睛被呛得流泪了。灶里的火灭了,哥哥凑上去朝灶里吹风,那火呼一下子冒出来,烧了哥哥的眉毛。

哥哥推了我一下:你起来,你起来,看不见碍事吗?

我往旁边挪了挪：哥哥，娘为什么有病？

哥哥烦了，哥哥恼了。哥哥阴着一张脸冲我吼道：我知道娘为什么有病？我不愿意叫娘活着？你是个猪呀你！一烧火棍子打到了我的脑袋上，那根烧火的棍子还冒着红红的火苗。

哥哥下手太重，连惊带吓带痛，我在炕上躺了三天；虽然哥哥也给我喂水喂饭，但我总觉得他的脸上有火，他的手里拿着棍子，他的心里很不耐烦，见了他我就胆小。

我想，有娘多好，有娘多享福呀！

我想，娘啊娘，你怎么就有了病？你怎么就死了？

后来有一天中午，爹坐在院里给我补一件衣裳。爹的手很大，那根针很小，爹老是捏不住那根又光又滑的针，爹的手抖得很厉害。

我凑在爹的跟前问：爹，我娘哩？

爹抹了一把头上的汗说：你娘走了。

我说：娘走了？娘到哪里去了？

爹说：你娘走亲戚去了。

我说：爹，娘什么时候回家来呀？

爹说：这一回娘走远了，一时半时回不来……二小，你想娘啦？

我说：想，天天想。

爹说：别想啦别想啦，爹给你当娘，爹也是娘呀！

我说：爹说的不对，爹不是娘。

爹说：咋不对？

我说：爹没有奶，爹也不会缝衣裳。

爹的手剧烈地一抖，那根针深深地扎到拇指上，一朵血花冒出来，在太阳地儿里闪着耀眼的光。

爹沉默了，我也沉默了。爹想什么我不知道，我想爹的手一定很痛很痛，就像哥哥的烧火棍打在我的头上一样，不光肉皮痛，心里也痛。我觉得我想得很对，因为我看见爹的眼里有了泪水，那泪水纷纷扬扬掉出来，落在被补着的那件衣服上。

那天夜里油灯摇曳，秋风送凉，爹在被窝里捉住我的手说，二小，以后别再想娘啦，鸡叫天明，鸡不叫天也明，没娘的日子咱也得过呀，你说是不是？

我想说不是，但又怕爹眼里落泪，就说是。

第二年春天，柳枝绿了，桃花红了，和风吹来，遍地暖洋洋的。那一天我们村里走过一队战士，他们穿着灰色的军装，肩上挎着长枪，步伐很是整齐。村里人都去看,有的给战士们递开水,有的给战士送鸡蛋,还有送鞋送袜子的。我也挤上去看,可是不知是谁踩了我的脚,我就"哇"的一声哭了,因为痛得受不了,哭得差点断了气。

这时候有个挎盒子枪的战士走过来,把腰一弯,就把我高高地抱起来了。

他一边给我擦泪一边很和蔼很慈祥地说:不哭不哭,看哭哑了嗓子。不哭不哭,你看这是什么?

他像变魔术一样从他的口袋里掏出一粒红色的药丸来,塞到了我的嘴里。

那个小小的药丸很甜很甜,从嗓子里甜到心里,我从来没有吃过这样好吃的东西,我感到很幸福,我一下子笑了。

战士亲了我一下,放下我匆匆地走了,后来我才知道那不是药丸而是一颗糖豆。

队伍走远了,乡亲们围住我议论纷纷,有人问我那个给我丸丸的兵是谁。

我很激动很认真地说:他是我娘!

那是一九四四年,那一年我五岁。

无可替代的爱

赏析/汝荣兴

也许,将一个只是给了自己一颗糖豆的人当作"我娘",实在显得有些可笑,但对一个才五岁的孩子来说,母爱的幸福与甜蜜,或者说是想像中的那种母爱的幸福与甜蜜,却又千真万确如那糖豆一样的简单和感性啊!这篇作品通过非常细致的心理描写、对话描写与人物动作描写,十分真切又十分深入地刻画出了身为没娘的孩子的"我"那种想娘想得"如醉如痴"的内心感受,从而从侧面而不是从正面给我们塑造了一个让人梦牵魂绕的母亲形象,读来令人忍不住泪水涟涟。

母爱如歌

化在掌心的糖

融融爱意,来自母亲
我的小女也整日依偎着外祖母
有时天真地问我,谁是你最爱的人
我忙说,是你
她摇着头说,是你的妈妈,姥姥
童言无忌,只有母爱最深,最深

　　这篇作品尽管情节简单，可它所成功塑造的义母形象，却是那样的丰盈饱满，那样的感人至深，因而足以弥补并超越情节的简单。

凶　　手

●文/马新亭

　　人命关天。

　　官吏闻讯赶到现场时，便吃惊不小。这里前不着村后不着店，连个人影都看不见，按说打死人后，凶手逃之夭夭才对，可他们却守在死者身旁，等候惩办。

　　官吏喝问："为什么将人打死？"

　　兄说："他欺负一个弱女子。"

　　弟说："他不但不认罪，反而怪我们多管闲事，与我们厮打在一起。我们并没有想将他打死，只想教训他一下，谁知打着打着……"

　　官吏又喝问："是谁把他打死的？"

　　兄说："是我！"

　　弟说："是我！"

　　官吏大声斥问："到底是谁？"

　　"是我！"

　　"是我！"

　　官吏一时闹不清凶手到底是谁，只好将他们一起押回皇城，交给齐宣王。齐宣王问了几句，也颇感惊奇，心想世间竟有这等奇事，争着偿命。齐宣王也一时拿不定主意，该杀谁，该放谁，只好下令把他们先关进牢房。

　　下朝后，齐宣王一边品茶，一边思索，怎么才能惩办真正的凶手，可要命的是分不出到底谁是凶手，要是并赦两人，就会纵容一个罪人，并杀两人，就会枉杀一个无辜。

　　饭后，齐宣王就把这件事当作笑料，对王后说了。

　　王后笑笑说："这还不好办，知子莫如母，哪个孩子好，哪个孩子不好，做母亲的心里最有数，把他们的母亲叫来，问问该杀谁，不就行了吗？"

齐宣王一拍脑门:"妙,妙,太妙了。"

翌日,齐宣王早早上朝,把那位母亲传来。

齐宣王问:"你可知你儿犯了什么罪?"

母亲说:"死罪。"

齐宣王问:"你认为该杀谁?"

母亲泪如雨下:"孩子是娘的心头肉,哪个我都舍不得,既然非杀一个不可,那就杀掉小的吧。"

齐宣王惊讶地问:"世人多偏爱小儿,你却与之相反,难道你的小儿就是凶手?"

"不是,小儿是我所生,长子是我丈夫的前妻所生,丈夫临终前把长子托付给我,让我好好养育看护他长大成人,所以亲生子虽是疼爱难舍,但还是杀掉我的亲生子吧。"母亲说罢,哭得痛不欲生死去活来。

文武大臣听了,无不落泪,纷纷跪倒给这位母亲的两个儿子求情。

齐宣王也非常敬佩这位母亲,不但同意赦免兄弟两人的死罪,还尊其母为"义母"。

比山高,比海深的情怀

赏析／汝荣兴

虽然是"哭得痛不欲生死去活来",却又毅然决然地甘愿以自己的亲生儿子的生命,去换取"丈夫的前妻所生"的儿子的生命,这是怎样博大、怎样无私的一种母爱啊!这篇作品尽管情节简单,可它所成功塑造的"义母"形象,却是那样的丰盈饱满,那样的感人至深,因而足以弥补并超越情节的简单。是的,我们一定要牢牢记住的是,一方面"孩子是娘的心头肉",另一方面,娘之所以为娘,是因为她有着如海洋一般深广的胸怀与情怀。

让我们一齐动手拨通家里的电话，告诉接电话的我们的母亲，"妈，我就是专门给您打的"吧！

妈就在旁边

● 文/黄　彦

在外地开会，很想家。午间休息时，我估计她们该刚吃午饭，一想到机灵活泼的女儿和温柔贤淑的妻子我心里就甜，于是拨通家里的电话。

"喂，你找谁？"老妈苍老的声音。

"妈，是我，叫小不点接电话。"

"小不点"是女儿，她接过电话，我问她上学迟到了没有、听不听话、放学是奶奶接的还是妈妈接的……

我还反复叮嘱她要睡午觉、下午带凉开水、过马路要小心……

她心不在焉地应着，末了说："没事了吧，爸？没事我要去看电视了！"鬼丫头，没事就不能打个电话？

我担心女儿粗暴地挂了电话，便说："没事！你让妈妈接电话！"于是我又跟妻子扯闲话，虽是闲话，可让我心里温暖。末了，妻子问："妈就在旁边，跟她说话？"

我说："不了，挂了吧。"

放下电话我还在埋怨女儿，一点也不懂可怜天下父母心，出门在外，想听听她的声音，却嫌我啰嗦，太不懂事！

我忽然一惊，我想到老妈！我有那么多话对妻子女儿唠叨，怎么对老妈却无话可说呢？我还那样埋怨女儿，可老妈该如何埋怨我？想到这，我满心自责，于是再次拨通电话，老妈一听又是我，说："孙女在看电视，她妈在洗碗，我去喊她！"

"不、不、妈，我就是专门给您打的……"我有些哽咽地说。

不要忘记母亲

赏析／汝荣兴

说到底,这实际上是一篇仅有一个生活细节所构成的作品,而这样的生活细节不仅普遍存在于我们的生活中,更是那样的发人深省并令人自责——你是不是也曾忽略过"就在身边"的自己的妈妈？你究竟有没有想过"老妈该如何埋怨我"？所以,就在此刻,在我们读过了这篇《妈就在旁边》的此刻,让我们一齐动手拨通家里的电话,告诉接电话的我们的母亲,"妈,我就是专门给您打的"吧!

我们同样不应该忘记自己的母亲平时对我们的谆谆教导，否则，我们就难免会吃"恶狼"的亏，从而徒留下悲伤的、甚至是血淋淋的教训。

窝 边 草

●文/金 光

兔妈妈已经是第三次嘱咐儿女们了，不让它们吃身边的草，可儿女们仍然不明白为什么。

这是兔妈妈生的第一胎。四个儿女，个个长得耳聪目明的，兔妈妈喜欢极了，每天不停地到外面寻找些野草吃，以便有足够的奶汁喂它的儿女们。

儿女们一天大似一天，兔妈妈的奶汁明显不够它们吃了。不过，这些活蹦乱跳的孩子们已经开始吃一些嫩草了，这就为兔妈妈减轻了不少负担。

但是，兔妈妈一再告诫孩子们，千万不要吃身边的草。老大老二蛮听话的，老三老四却不以为然。老三问："妈妈，为什么？身边有这么好的草，足够我们吃的呀。"兔妈妈耐心地说："我也不知道为什么，这是你们的外婆告诉我的，我就按照老人家的教导来教育你们了。"老四不解地说："外婆？我外婆骗人的！"

"但不管怎么说，身边的草是绝对不能吃的，这是命令。"兔妈妈有点生气了。它虽然也很年轻，不太懂这里面的道理，但它知道，遵循老人的话是没有错的。

儿女们听后都闷闷不乐。兔妈妈也不管它乐意不乐意，又再三交代了，这才又到远处去采食野草去了。

兔妈妈走后，四个小兔子在家里争执起来。老三眨着眼睛问老大："大姐姐，你说，妈妈说的是什么道理？"老大想了一会儿说："我也不明白，但妈妈自有道理，听话就是了。"老四接过来说："妈妈讲不出道理就是错的，我们应该改正过来。"老二听了，批评它们说："不要再争吵了，一切听妈妈的安排。"老三把嘴一张，对老二说："我现在已经饿了，妈妈回不来，怎么办？"老二瞪了它一眼，生气地说："每次总是你先喊饿，就你娇气。"老三反驳说："你和大姐最大，吃奶的时候不让我们，总是抢着吃，我老吃不饱。"老二看它说得挺可怜的，也不再说什么了。

眼看到了晌午，兔妈妈还没有回来，几个小兔子都饿极了。老四提议说："没办法，我们不是不听妈妈的话，只是太饿了，就吃一点儿身边的草吧。"老三一听也附和着:"就是嘛,吃一点儿吧,反正少吃一点儿也没关系的。"老大老二还没反应过来,见老三老四已张大嘴巴吃起了身边的嫩草,于是也抵不住诱惑,大口啃食起来。

不一会儿,小兔子们就把身边的草吃了一大片。

老大吃着草,想起了妈妈,就说:"你们吃吧,我去接妈妈。"说完,朝妈妈走的方向去了。

老二等不到妈妈和大姐,心里焦急万分,就说:"我也去看看怎么回事儿,妈妈怎么还不回来。"说着,也走了。

原来,兔妈妈为了让孩子们吃到好的奶汁,跑了很远的路,才在一个山坡下面找到了一片宽叶嫩草吃了起来。等老大老二找到它的时候,它已经吃得差不多了,正要回家呢。于是,母子三个一起往回走。

路上,老大低着头告诉妈妈,它们几个因为等不到妈妈,饿极了只好吃了身边的嫩草。妈妈听了,一愣,批评说:"我不在时,你是最大的,应当好好教育弟弟妹妹,为什么不制止?"老二替大姐辩护说:"它也制止不了,老三老四一点儿也不听它的。"兔妈妈叹了一口气说:"咱们得快走,找到它们赶紧再搬家。"

"为什么要搬家呀,妈妈?"老二跟在后面追问着。

兔妈妈说:"我也不知道,只记得小时候我不听话吃了身边的草后,你外婆就带着我搬了家。"

"那么,"老二气喘吁吁地问,"为什么非要听外婆的话,或许它说的也不对呢?"

兔妈妈烦躁地说:"甭管这些,赶快搬家要紧。"

太阳就要落山了,山坡上出现了一片昏黄的光。

兔妈妈带着老大老二快到家时,被眼前的景象惊呆了:一只恶狼正在撕咬着老三,老四已倒在血泊之中。老三拼命挣扎着,但一切都无济于事。不一会儿,那只恶狼就把它们两个全吃掉了。

兔妈妈和两个孩子看到这些,浑身颤抖着,但无能为力,眼睁睁地看着恶狼在它们的家里行凶。兔妈妈几乎昏死过去。

不知过了多久,恶狼终于离开了。兔妈妈围着被恶狼撕乱的窝儿转了一圈,强忍着悲伤对老大老二说:"这就是教训!你们现在明白为什么不能吃窝边的草了吗?"老大老二沉重地点了点头。

兔妈妈抬起头来,沉思良久,然后带着老大老二开始寻找新家。

血淋淋的教训

赏析／汝荣兴

　　这是一篇寓言体的作品,作品中的故事由"兔子不吃窝边草"这句俗语演绎而成。当然,读罢这篇作品,我们在看到作家那丰富的想象力的同时,更对"兔子不吃窝边草"这句俗语的意思有了一种全新的认识和感受。是的,不仅仅是兔孩子们必须牢记住兔妈妈那"千万不要吃身边的草"的告诫,我们同样不应该忘记自己的母亲平时对我们的谆谆教导,否则,我们就难免会吃"恶狼"的亏,从而徒留下悲伤的、甚至是血淋淋的教训。

母亲,也只有母亲,才能够做到为自己所爱的人舍弃自己原本可以得到的一切。

爱 的 滋 味

● 文/谭格格

三月,母亲从美国回来。

我正在屋里做功课,父亲神色凝重地叫我,我知道将要面临一个艰难的抉择。母亲曾在 E－mail 里跟我说,这次回来,她要接我出国,不让我参加高考了。说实话,我向往美国,也真的希望能去美国接受高等教育。可是,面对父亲的时候,我却怎么也说不出口。

父亲是一个浪漫、忧郁、单纯的男人。他常常给我讲自己的爱情故事。在那个遥远的知青岁月里,父亲用他那缠绵的情诗和优雅的小提琴声征服了活泼开朗的母亲。恢复高考后,父亲考上北大中文系,母亲回城当了工人。母亲常常回忆说,父亲读大学的四年是他们最幸福的四年。这,我相信。

打我记事起,父亲和母亲总是无休止地争吵。那时候,母亲已经"下海",和朋友合伙开了一家中型酒店,而父亲则在一所大学里教书。童年时代我常常跟着父亲,他的办公室就是我的游乐场,学校餐厅就是我和父亲的餐厅。母亲赚钱买了房子和汽车,她把二楼靠南的一间大屋装修成父亲的书房,一排朱漆油亮的书柜很气派,我想这也是父亲一直都想要的。但是,父亲拒绝坐汽车,仍用那辆破旧的自行车载着我上学、放学,不管风刮日晒,也不管泪眼婆娑的母亲的哀求,他就是不愿坐进母亲开的汽车里。

母亲终于还是离开了,在我上初二的那一年。我知道,其实母亲是想给他们之间的爱情留有一个反思的空间;我还知道,她是多么爱父亲。为了帮父亲出书,母亲东奔西走,上下找关系,而父亲那纯学术性的东西已经不能适应市场,出版社也不愿意赔钱出书,母亲就毅然决定自己掏钱给他出书。她深知,这是父亲一直以来的梦想。后来父亲知道他的书是母亲掏钱出的,而不是出版社看中的书时,他不能容忍,坚持去民政局办理离婚手续。母亲到学校接回了我,手中拿着蓝色封皮的离婚证书给我看时，已泣不成声，这是我看到母亲最软弱的一刻。她告诉我，签证已办好，她就要走了。我想这样也好，他们在我耳边吵了多年，也该解脱了，这对于他俩和我们这个家都是一件好事。那年，我十三岁。

母亲到美国跟大舅一家住在一起，并很顺利地找到了一份工作。她很想我，也很想父亲，那时，网络还没有现在这样方便，母亲只好打电话，叮嘱我照顾好父亲，再叮嘱父亲照顾好我。她的薪水也都消费在长长的电话上。父亲也给母亲打电话，因为有好几个月我家的电话费都超过两千元，我知道他还深深地爱着母亲，母亲的大幅照片还挂在父亲的书房里，父亲常常会望着照片发呆。

母亲在美国稳定下来后，想让父亲也过去。她想换一个环境，或许对父亲和我及我们的家都是一个新的开始。于是，她又像当年帮助父亲出书一样奔波着为父亲联系工作……然而，这次她又以自己的付出再次地伤害了父亲的自尊。他俩在电话里大声争吵的时候，我流泪了。我很敬重我的父亲，但在这件事上，我从心底里不能原谅他的固执。他不知道，我多么需要母亲的温存和抚摩。就这样，五年过去了，母亲在等着父亲说一句"你回来吧，我和孩子需要你"；而父亲也在等着母亲说一句"我想回家"，可是他们谁都不肯主动说。母亲不再幻想拯救爱情，她开始计划着接我去美国读书。

母亲回来的那天，很不自在又拘束地坐在客厅里，可是她却不想想，这是她的家呀！她把随身携带的小包放在沙发的一角，低头坐着，父亲坐在她的对面百无聊赖地玩着我的史努比。我在沉默中走向母亲，静静地坐在她的身边，没有拥抱，也没有痛哭，就那样坐着。气氛沉闷得有点可怕，我哭了，泪水顺着脸颊奔涌而出，母亲哭了，父亲也哭了。那一夜，我们就那样坐着，谁都没有提出国的事儿。

第二天，我们三人一起坐车去了父亲母亲插队的小村子。我们一同走向他们当年约会的小桥，桥身已经塌陷，桥下也没有了流水。我们在桥上站了很久，远处是一望无际的原野，母亲侧着身问父亲："你在想什么？""我就像这片静静的土地，没有痛苦，也没有欢乐。"父亲说完大步走下小桥。

接下来的几天，母亲天天到学校接我，然后做好饭等着父亲回家。父亲却一天比一天沉默，整个儿人一下子苍老了许多。母亲这次回来的目的很明确，我们三个人都很清楚。想到离别，我的心很痛。如果我走了，那么在这场爱情战争中，父亲就是一个失败者，我们抛弃了他；如果我留下来，那母亲就要孤单地流浪天涯。

八日下午，父亲带我去逛书店，我想这也许是最后一次了。我们逛了很久，当我俩抱着书在夜色中回到家时，房间的灯亮着，母亲不在。餐桌上的水果盘下压着一张纸条："孩子，我走了。这两天我想了很多，你还是留下吧，爸爸需要你。"

我拼命地跑到院子里抬头望去,满天的星星在夜空中闪烁,我仿佛看到了银色的飞机载着我的母亲从头顶上缓缓滑过,又慢慢消失在天际。转过身,我看见父亲斜靠在门框上,眼里闪动着泪珠……

母爱的滋味

赏析／汝荣兴

毫无疑问,充满在这篇作品中的那种"爱的滋味",有着很多又很浓的凉凉的苦涩。不过,"我"所真切又深切地感受到的母亲的那种爱——既包括母亲对"我"的爱,又包括母亲对父亲的爱——却时时处处洋溢着一种暖暖的甜意。那是因为母亲的最终选择"孤单地流浪天涯",其实便是她的宽厚和仁慈的最集中又最动人的体现啊! 不错,母亲,也只有母亲,才能够做到为自己所爱的人舍弃自己原本可以得到的一切。

听了农妇那句"汤是不该糟蹋的,里面放有盐呢"之后,我们却是更强烈地感受到了那位"活活地给人把心挖去了"的母亲的悲哀之深——她的瓦西亚很可能是由于连这样的白菜汤都喝不上才死去的呀!

白 菜 汤

●文/[俄]伊·谢·屠格涅夫

一个农家的寡妇死掉了她的独子,这个二十岁的青年是全村庄里最好的工人。

农妇的不幸遭遇被地主太太知道了。太太便在那儿子下葬的那一天去探问他的母亲。

那母亲在家里。

她站在小屋的中央,在一张桌子前面,伸着右手,不慌不忙地从一只漆黑的锅底舀起稀薄的白菜汤来,一调羹一调羹地吞到肚里去,她的左手无力地垂在腰间。

她的脸颊很消瘦,颜色也阴暗,眼睛红肿着……然而她的身子却挺得笔直,像在教堂里一样。

"呵,天呀!"太太想道,"她在这种时候还能够吃东西!……她们这种人真是心肠硬!"

这时候太太记起来了:几年前她死掉了九岁的小女儿以后,她很悲痛,她不肯住到彼得堡郊外美丽的别墅去,她宁愿在城里度过整个夏天,然而这个女人却还继续在喝她的白菜汤。

太太到底忍不住了。"达地安娜,"她说,"啊呀,你真叫我吃惊!难道你真的不喜欢你儿子吗?你怎么还有这样好的胃口?你怎么还能够喝这白菜汤?"

"我的瓦西亚死了,"妇人安静地说,悲哀的眼泪又沿着她憔悴的脸颊流下来,"自然我的日子也完了,我活活地给人把心挖了去。然而汤是不该糟踏的,里面放有盐呢。"

太太只是耸了耸肩,就走开了。在她看来,盐是不值钱的东西。

母亲的悲凉

赏析／汝荣兴

　　这是一篇充满着生活的悲哀的作品,这种悲哀既表现在"农家的寡妇死掉了她的独子"上,更表现在那个农妇的"不慌不忙地从一只漆黑的锅底舀起稀薄的白菜汤来"喝上。是的,在始终觉得"盐是不值钱的东西"的地主太太眼里,那农妇"在这种时候还能够吃东西",实在是"心肠硬"的表现。但在听了农妇那句"汤是不该糟蹋的,里面放有盐呢"之后,我们却是更强烈地感受到了那位"活活地给人把心挖去了"的母亲的悲哀之深——她的瓦西亚很可能是由于连这样的白菜汤都喝不上才死去的呀!

妈　　妈

●文/[前苏联]克拉夫琴科

一天晚上，我到朋友家去串门。我们坐在沙发上，天南海北地闲聊起来。突然房门大开，我那位朋友的小儿子站在门口，哭喊着："妈妈！妈妈！……"

"妈妈不在，"朋友从沙发上站了起来，"妈妈上班去了。你怎么啦？摔了一跤？自己摔得是不是？那还哭什么。"他给儿子擦干眼泪说："好啦，玩去吧！"

儿子走后，朋友抱怨开了：

"总是这样！一张嘴就是喊'妈妈、妈妈'。你知道，有时我心里真不好受。好像我不如妻子疼爱他，好像我们这些当父亲的除了处罚孩子什么也不会干。其实我常常给他买玩具，疼爱他……你说，为什么小孩儿全都这样？"

我耸耸肩说，如果家里没有母亲，那孩子肯定就只叫父亲了。

"没错儿！"我的朋友深表赞同，"就拿我来说吧，从小没有母亲，所以我向来只叫爸爸。"

我正要告辞，朋友的妻子下班回来了。他们的小儿子就像被魔杖一指，飞跑到母亲跟前，诉说他刚才怎么摔了跤，摔得多么疼，又怎么哭了。母亲又是摩挲他的头，又是吹他摔疼的手，还不住地亲吻他。

我那朋友皱着眉头看着母子俩，嘟哝道："真够黏糊的，简直没完没了……"

没过两天，我那位朋友干活时从脚手架上摔了下来。我们把他抬到工棚，并且叫来了急救车。他在昏迷中嘴里只是不住地念叨："妈妈……"

刻骨铭心的母爱

赏析／汝荣兴

　　也许妈妈只会"又是摩挲"我们的头，"又是吹"我们那摔疼的手，"还不住地亲吻"我们。但这一切已经够了，这一切已经足以使我们时时刻刻都将妈妈牢记在心，乃至使我们"在昏迷中"都会"嘴里只是不住地念叨"着妈妈……在这篇作品中，由于有着一位父亲——包括他在儿子摔跤后对儿子的态度，以及他在昏迷中不住地念叨着妈妈——做铺垫和衬托，便将母亲留给我们的那种刻骨铭心的印象，传达得更加的生动和更加的深沉。

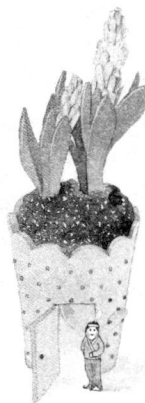

雯雯虽然已永远地失去了她的母亲,但母亲的那颗心却将永远陪伴着、关怀着、爱怜着雯雯。

妻子的心

● 文/壶 公

我的妻子爱珍是在冬天去世的,她患有白血病,只在医院里挨过了短短的三个星期。

我送她回家过了最后一个元旦。她收拾屋子,整理衣物,指给我看放国库券、粮票和身份证的地方,还带走了自己所有的相片。后来,她把手袋拿在手里,要和女儿分手了,一岁半的雯雯吃惊地抬起头望着母亲问:

"妈妈,你要去哪儿?"

"我的心肝儿! 我的宝贝儿!"爱珍跪在地上,把女儿拢住,"再跟妈亲亲,妈要出国。"

她们母女俩脸贴着脸,爱珍的脸颊上流下两行泪水。

一坐进出租车,妻子便号啕大哭起来,身子在车座上匍匐、滑动,我一面吩咐司机开车,一面紧紧地把她扶在怀里,嘴里喊着她的名字,待她从绝望中清醒过来。但我心里明白,实际上没有任何女人能够做得比她更坚强。

妻子辞别人世后二十多天,从海外寄来了她的第一封家书,信封上贴着邮票,不加邮戳,只在背面注有日期。我按照这个日期把信拆开,念给我们的雯雯听:

> 心爱的宝贝儿,我的小雯雯:
> 你想妈妈吗?
> 妈妈也想雯雯,每天都想,妈妈是在国外给雯雯写信,还要过好长时间才能回家。我不在的时候,雯雯听爸爸的话了吗?听阿姨的话了吗?
> ……

最后一句是:"妈妈抱雯雯。"

　　这些信整整齐齐地包在一方香水手帕里,共有十七封,每隔几个星期我们就可以收到其中的一封。信里爱珍交代我们准备换季的衣服,换煤气的地点和领粮食的日期,以及如何根据孩子的发育补充营养等等。读着它们,我的眼眶总是一阵阵发潮,想到爱珍躺在病床上,睁着一双大眼睛出神的情景。当孩子想妈妈想得厉害时,爱珍温柔的话语和口吻往往能使雯雯安安静静地坐上半个小时。渐渐地,我和孩子一样产生了幻觉,感觉到妻子果真远在日本,并且习惯了等候她的来信。

　　雯雯也有一双像她妈妈似的大眼睛,两排洁白如玉的细齿。

　　第九封信里,爱珍劝我考虑为雯雯找一个新妈妈,一个能够代替她的人。

　　"你再结一次婚,我也还是你的妻子。"她写道。

　　一年之后,有人介绍我认识了现在的妻子雅丽。她离过婚,气质和相貌上与爱珍有相似之处。不同的是,她从未生育,而且对孩子毫无经验。我喜欢她的天真和活泼,惟有这种性格能够冲淡一直蒙在我心头的阴影。我和她谈了雯雯的情况,还有她母亲的遗愿。

　　"我想试试看,"雅丽轻松地回答,"你领我去见见她,看她是不是喜欢我。"

　　我却深怀疑虑,斟酌再三。

　　四月底,我给雯雯念了她妈妈写来的最后一封信,拿出这封信的时间距离上一封信相隔了六个月之久。雯雯的反应十分平淡,她没有扑上来抢信,也没有搬了小板凳坐到我面前,而只是朝我这边望了望,就又继续低下头去玩她的狗熊。

　　　　亲爱的小乖乖:

　　　　　　告诉你一个好消息:妈妈的学习已经结束了,就要回国了,我又可以见到爸爸和我的宝贝儿了!你高兴吗?这么长时间了,雯雯都快让妈妈认不出来了吧?你还能认出妈妈吗?

　　　　　　……

　　我注意着雯雯的表情,使我忐忑不安的是,她仍然在专心一意地为狗熊洗澡,仿佛什么也没听到。

　　"雯雯!"

　　"嗯。"

　　我欲言又止。忽然想起,雯雯已经快三岁了,她渐渐地懂事了。

　　一个阳光明媚的星期日,我陪着雅丽来到家里。保姆刚刚给孩子梳完头,雯雯光着脚丫坐在床上翻看一本印彩色插图的画报。

"雯雯,"此刻我能感觉到自己声调的颤抖,"还不快看,是不是妈妈回来了!"

雯雯呆呆地盯着雅丽,尚在犹豫。谢天谢地,雅丽放下皮箱,迅速地走到床边,拢住了雯雯:

"——好孩子,不认识我了?"

雯雯脸上的表情瞬息万变,由惊愕转向恐惧,我紧张地注视着这一幕。接着……发生了一件我们都没有预料到的事。孩子丢下画报,放声大哭起来,哭得满面通红,她用小手拼命地捶打着雅丽的肩膀,终于喊出声来:

"你为什么那么久才回来呀!"

雅丽把她抱在怀里,孩子的胳膊紧紧揽住她的脖子,全身几乎痉挛。雅丽看了看我,眼睛里立刻充满了泪水。

"宝贝儿……"她亲着孩子的脸颊说,"妈妈再也不走了。"

这一切都是孩子的母亲一年半前挣扎在病床上为我们安排下的。

毫无保留的母爱

赏析/汝荣兴

所谓"妻子的心",那是一颗眷眷的母亲的心呵!这是一颗令所有读了这篇作品的人都会"眼睛里立刻充满了泪水"的母亲的心。是的,这颗母亲的心是那样的细致入微,那样的温柔体贴,那样的慈祥和蔼,那样的……总之,雯雯虽然已永远地失去了她的母亲,但母亲的那颗心却将永远陪伴着、关怀着、爱怜着雯雯。这就是母亲啊,在自己生命的最后时刻都不会忘记用"十七封信"给自己的女儿"安排"好一切的母亲;这就是母亲啊,永远将自己的真情和爱心毫无保留地献给自己的子女的母亲!

作品的令人难忘处,在于紧扣住老母的"固执",通过个性化的人物语言,刻画出了老母勤恳、朴素又坚毅、乐观的性格特点,成功地塑造了一位平凡而又可敬的母亲形象。

富翁老母捡垃圾

● 文/施 翼

伟明是县文化馆的文学专干,文化单位是清水衙门,工资待遇低,妻子的单位也处在风雨飘摇之中,他们已经无法养家糊口。为了生计,伟明毅然辞职下海,办起了一家文化有限公司,经销书刊和音像制品。因经营有方,生意火暴,不几年就腰缠百万,成了大县城的社会名流,商界翘楚。

伟明在县城购置了一套豪华别墅,把老母从乡下接了过来,他喜滋滋地说:"娘,你操心操累了一辈子,现在该享享儿子的福了。"

老母在乡下勤恳惯了,一闲下来就不自在。她看见城里大街小巷有不少老人在拾垃圾,便也提了个编织袋,四处寻觅起来。她手脚利索,收获不少,每天都能从废品站拿回一二十元钱,有时走运,还能大大突破!老母乐得眉开眼笑,热情陡增,捡得更勤快了。

儿子看见,惊骇不已,慌忙劝阻:"娘,你怎么能去捡垃圾呢?叫人看见,多难为情呀!"

老母头一昂,理直气壮:"又不是偷,又不是抢,有什么难为情?"

儿子赶忙从身上掏出一沓百元大钞,双手递给老母:"妈,你要钱用,尽管开口,儿子有的是钱,要多少给多少!"

"在你这儿,要吃有吃,要穿有穿,我要钱干啥哩?这钱我不要,你留着生意上周转吧!"老母伸手把钱挡了回去。

"那你就不要捡垃圾了。"

"我不做事心里闷得慌,我捡垃圾,四处走一走,心里舒坦。"

"捡垃圾太脏了!"

"大街上的垃圾,捡去了就干净,不捡才脏哩!"

儿子说服不了老母,委托亲友做工作,亲友们来到老人家身边。叫得甜甜的,先称赞老人家有福，前世修来的，生个儿子这么有钱，干这么大的事业！哄得老人家高兴了，他们才言归正传说："老人家，你就在家享享清福吧，不要去捡垃圾了，你儿子已经是个大老板，你捡垃圾他面子上不好看，让人笑话！"

老人的脸立时沉了下来，"我又不是偷，又不是拐，又不是骗，有什么不好看？全世界那么多人捡垃圾都让人笑话了？"

老人十分固执，任你怎样劝说都无济于事，亲友们摇着头走了。

老人家依然捡垃圾，一天又一天，风雨无阻。

城里有人得知富豪老母捡垃圾，都愤愤不平，私下议论："商人奸诈，爱财如命，连自己的老母都赶去捡垃圾。"伟明听到那些议论，心里冤，心里苦，却无法申辩，无法诉说。他在心里责怪老母太不懂事，让他担待不孝的骂名。

后来，书刊和音像制品生意竞争激烈，赚钱不易，伟明就改弦易辙，办起了酱油厂和热水器厂。热水器厂是和别人合作生产，想不到上当，被骗去一百万。伟明痛定思痛，便把整个身心倾注到酱油厂。他聘请了省科学院知名的酿造专家，购置了最先进的酿造设备，设计了最先进的工艺流程，产品出来，香浓味美，各项理化指标和卫生指标，均达到或超过了国家标准，是酱油中的上乘佳品。伟明为了消费者的健康，没有在酱油中添加色素，想不到竟因为色泽不深，再加上价格略高，消费者不识，都购买那价格低廉、用色素制作的假酱油，而伟明的真酱油却无人问津，大量积压，血本无归。因无力偿还银行贷款，伟明的所有资产全被封存、冻结、拍卖。一夜之间，一个遐迩闻名的百万富翁，变成了一文不名的穷光蛋。

痛苦、忧伤、彷徨了许多时日，伟明振作起来，决定重整旗鼓，东山再起。他知道，老婆管财务，已暗有蓄积，便动员她把钱拿出来，做启动资金。想不到她经受这一次沉重打击，已对丈夫完全失望，为了退路，她死活不肯把钱拿出来。两人的摩擦、裂痕越来越大，最后，她竟利用裙带关系，设计离婚。伟明万念俱灰，把剩下的一点东西全给了她。

伟明又试图向亲友借点本金，他说，我刚下海时五百元起家，现在只要有几千元，我可以再次创造商业神话。亲友们见他一败涂地，怕承担风险，都委婉拒绝了，伟明已到了山穷水尽的地步。

那天，他写下一份万言遗书，把药品备好，穿戴整齐，想最后看老母一眼，与老母诀别。当他来到老母身边，看到老母老态龙钟，白发苍苍，想到她就要承受那无情的打击和巨大的伤痛时，鼻子一酸，禁不住号啕大哭起来。老母马上看出了异样，悲从中来，抱着儿子，也放声大哭……

也不知过了多久，老母止住了哭，她站了起来，颤巍巍地走到床边，在枕下摸索着，搜出了一个布包，抖动着递给儿子，"孩子，这是娘捡垃圾攒下的，八千块，你拿去做本吧，不够，娘再去捡！天无绝人之路，你要挺住，哪里跌倒，哪里爬起来！"

伟明又惊又喜又恍惚，仿佛在梦中，许久才回过神来。他接过老母的布包，斩钉截铁地说："娘，遭此一劫，我不但学会了怎样做事，更学会了怎样做人。我将脚踏实地，从头再来，一定不会让您再次失望！"

伟明制定了一个周密的发展计划，以小谋大，稳扎稳打，一步一个台阶。五年后，他又拥有千万资财，再次成为大县城首屈一指的大富豪。

恰逢老母八十大寿，伟明破天荒举办了一次盛大的庆典。给老母拜了寿，伟明诚恳地说："娘，你就不要去捡垃圾了吧。"

老母心里高兴，笑吟吟地说："你大难不死，必有后福！再说，娘也确实老了，手脚不灵便了，就听你的吧，不去捡了！"

"固执"的母爱

赏析／汝荣兴

其实，捡垃圾的富翁老母最终不仅救了曾经是富翁的儿子伟明的命，还用她捡垃圾得来的钱资助儿子伟明东山再起再次成为了大富豪，不过是这篇作品所讲述的一个表层故事。作品的令人难忘处，在于紧扣住老母的"固执"，通过个性化的人物语言，同时辅以商场的艰险和伟明老婆的见利忘义，既自然又艺术地刻画出了老母勤恳、朴素又坚毅、乐观的性格特点，成功地塑造了一位平凡而又可敬的母亲形象。

我们从母亲眼角慢慢流下来的那"两行泪水"中,体味到我们的母亲原来是这样的容易满足,只要我们能像她抱我们那样抱抱她。

我抱了我母亲

● 文/石 明

临近年假时,母亲尿出血住进了海门人民医院,我和妻子急忙赶去照顾,所以这个春节几乎是在医院里度过的。

小年夜轮到我照顾妈,护士进来换床单床被,母亲因病得不轻无力下床,我赶紧说:"妈,别动,我来抱你。"我用右手托着母亲的脖子,左手抄起了母亲的腿弯子,发力一提,却没想到母亲很轻。见我笨拙,护士小姐责怪道:"下那么大劲干什么?"我说:"没想到我妈这么轻。"护士小姐问:"你妈有多重?"我答:"我妈至少有一百多斤。"护士小姐扑哧一笑:"别说你妈病了,就是不病也已是八十岁的老人了,我看不会超过八十五斤。"母亲说:"八十四斤,刚称过。"在我的印象中,母亲的体重从来没有这么轻过。我心里酸酸的。护士小姐却取笑我:"当儿子却不知道自己母亲的体重。"我说:"惭愧,确实不知道,说明我不孝顺。"护士小姐说:"那知错就改呀!"我说:"我妈含辛茹苦,把我拉扯大,大学毕业有了事业却离开了家。如今,妈老了,病了,可我却不能留在妈的身边。"望着母亲干瘦的脸,我愧疚地说:"妈,我不孝!"母亲却笑着说:"你为国家做事,有了出息,妈高兴还来不及呢?"

此时,护士小姐铺好了床,吩咐我动作轻一点。我顺着强烈的要尽孝的思路惯性对母亲说:"妈,世上只有娘抱儿,可今天我想要抱抱你,看着你入睡。"母亲说:"快放下,你不怕别人见了笑话。"护士小姐说:"没有人会笑的,大妈,你就让你儿子抱吧。"由于我坚持,母亲也无法反对。我俯下了身,轻轻地把母亲放在了病床上,抽出了左手,右手仍托着母亲的脖子,就像小时候母亲抱我一样。我还学着母亲当年的样子,轻轻地哼起了舒缓的家乡歌谣。母亲微笑着轻轻地闭上了眼睛。

可是,只有一会儿,我就看见有两行泪水从母亲的眼角慢慢地流下来……

一个拥抱就满足的爱

赏析／汝荣兴

　　这是一篇既平实又感人的作品——说它平实，是因为这篇作品根本就没有大起大落(更谈不上曲折离奇)的情节，而只是纯客观地记录下了"我"在医院里先后两次抱母亲的经过；说它感人，则是由于作品纯客观地记录下"我"先后两次抱母亲的过程，既饱含着一个儿子对生他养他的母亲的那种"心里酸酸的"愧意，又充满了一个儿子对生他养他的母亲的那种脉脉的、深深的爱意和谢意，同时也使我们从母亲眼角慢慢流下来的那"两行泪水"中，体味到我们的母亲原来是这样的容易满足，只要我们能像她抱我们那样抱抱她。

绿 鹦 鹉

● 文/邵宝健

荷城那条衣裳街上,出过几位杰出人物,摆过服装摊的刘思劲就是其中一位。如今他去琼岛闯荡,已有三年没回家了。刘母思儿心切,频频央人代笔修书要儿子回家看看。

这天,刘思劲终于拨冗回到老家。刘母看到年过三十、略呈富态的儿子,喜极泪涌,抱着儿子的肩头,说:"孩子,你把家忘了吗?把妈也忘了吗?"

刘思劲的眼圈也潮湿了,连忙说:"妈,看您说的,我怎么能忘了家,怎么能忘了妈呢?"随即把送给母亲的礼物呈上———一只精致的鸟笼,里面养着一只绿鹦鹉。此鸟头部圆,上嘴大,呈钩状,下嘴短小;羽毛十分漂亮,像披了一身翡翠。这只绿鹦鹉买来已有数月,刘思劲带在身边悉心调教过了。

刘母听儿子说买这只鸟花了九千元,便嗔怪儿子不懂得珍惜钱财。"你呀,你,赚钱不容易,这么大的破费,就不妥当了。"刘母又爱又愠地唠叨个没完。

刘思劲实话实说:"妈,我是这样想的,我正在创办一家公司,很忙,不能抽出太多的时间来看望您。就让这只绿鹦鹉代表孩儿陪陪您老,您可以随时和它拉呱拉呱啊。"

刘母说:"它怎么陪我,它能代替你么?你爸去世得早,我都快七十了……"

儿子一时语塞,不知该用什么话来抚慰母亲,就调教鹦鹉说话。绿鹦鹉模仿着刘思劲的腔调说:"妈妈,您好。妈妈,您好。我是刘思劲,我是刘思劲。"刘母闻声,开心得笑起来:"这绿鹦鹉真乖。"

在家住了一阵,刘思劲就踏上归程。

刘母又形单影只,好在有绿鹦鹉相伴。清晨,她给鹦鹉喂食,它就说:"妈妈,您早。我是刘思劲。"中午,她给它喂食,它就说:"妈妈,您好,我是刘思劲。"傍晚的时候,她给它喂食,它就说:"妈妈,您辛苦了,歇歇吧……"刘母甚感欣慰,寂寞的日子里就像有儿子在身边一样。她对它宠爱有加,给它洗羽毛,又怕它凉了,又怕它热了。闲时,也带它到公园逛逛,让它呼吸新鲜空气,见见它的同类们。

这样过了一年,刘母在一个清晨溘然病逝。刘思劲千里迢迢赶回家见到的只是慈母的骨灰盒,而他买给慈母的绿鹦鹉也不知去向,空留一只鸟笼挂在阳台上晃荡。

刘思劲决定在老宅多住几天,缅怀慈母养育的恩情,弥补自己未能给母亲送终的歉疚。

刘思劲在老宅的小居室就寝。床前的五斗柜上摆着慈母的遗像,在望着儿子微笑。刘思劲解衣上床,连日来旅途的劳顿,使得他的眼睑下垂。睡意袭来,便渐渐进入梦乡。在梦中,他见到慈祥的老母在灯下为他缝缀西服上掉落的一颗纽扣,他欣喜万分地走近慈母,慈母却转瞬不见了,耳际却有慈母的声音萦绕:"孩儿,妈妈好想你。"他一激灵,惊醒过来,耳畔又传来一声问候:"孩子,你好啊。"他揿亮灯,四下里张望,不见有什么人影。他以为是自己思母心切而产生幻觉。

他复睡着了,又有了梦。梦中,他再次见到慈母的笑影,他刚要走近,慈母又转瞬消逝,他再次惊醒过来。又有声音传来:"孩子,妈妈好想你。"他披衣下床在屋里踱步,踱至客厅,那呼唤他的声音越来越清晰。

"孩子,你好啊。"声音是从阳台那边发出的。他的心紧缩起来,悄悄走去。借着明亮月光,他看见阳台上栖着一只鸟——绿鹦鹉。绿鹦鹉又张嘴说话:"孩子,妈妈好想你。"

刘思劲的眼圈湿了。那鹦鹉并不怕人。它明显消瘦了,羽毛也很零乱。它又叫道:"孩子,你要常回家看看,妈妈好想你……"

刘思劲号啕,泪滂沱。事后,他了解到,慈母在临终前,把绿鹦鹉放了生,想不到,这只通灵性的绿鹦鹉夜夜飞返刘宅,转达刘母生前对儿子的思念。

心酸的声音

赏析／汝荣兴

　　读这篇作品的过程，犹如听那首《常回家看看》的歌的过程。当然，这是一篇比那首《常回家看看》更具有典型意义、因而也就更感人肺腑的作品。是的，那只"通灵性的绿鹦鹉"给刘思劲所传达的那种母亲生前对他的思念，是那样的让人禁不住"泪滂沱"啊！不用说，就艺术特色而言，这篇作品的最独具匠心和最值得称道处，便是那种以物写人的写法，特别是在作品的后半部分，母亲明明已经不在了，可母亲那"孩子，妈妈好想你"的声音，却借那只绿鹦鹉的嘴时时处处萦绕在儿子的耳际，读来实在是令人唏嘘感怀。

随着岁月的流逝,随着年龄的增长,这篇作品中的那几片有着"苹果的香、苹果的甜"的苹果皮,一定会跟作者一样在我们的记忆里成为一种香香甜甜的永恒。

嚼一片苹果皮

●文/王众胜

那是三十多年前的事了。在外地工作的姑父回来看望太婆,带来的礼物中,有七八个又圆又大、又红又香的苹果。

我和哥哥第一次见到苹果。我们眼巴巴地看着那鲜红的苹果,闻着那诱人的香气,一口一口地咽着口水。

吃罢早饭,姑父走了。太婆把我和哥哥喊到跟前,拿起两个大苹果,塞到我和哥哥手里。她乐呵呵地对我们说:"我早就看到你们俩馋猴儿似的盯着苹果。快到一边吃去吧,别让你妈看见了。"

我们拿着苹果,来到院子外的一堵矮墙边。哥哥看着苹果,眼睛乐成了两个弯弯的小月牙。我呢,不时地把苹果凑近鼻子,一边闻,一边连声说:"好香,好香。"

哥哥说:"咱们吃吧。"我说:"咱们吃吧。"

不知说了多少遍"咱们吃吧",可谁也没舍得在苹果上咬一口。

哥哥说:"咱们别吃,等晚上爸爸回来,你的和妈妈分着吃,我的和爸爸分着吃。"

我咽了咽口水,连声说:"好好好。"

我和哥哥正高兴地商量着,不知什么时候,妈妈已经站在我们身后。妈妈笑盈盈地看着我们,问道:"这苹果是你们姑父给谁带来的呀?"

我们齐声回答:"是给俺太婆带来的。"

妈妈说:"是啊,这苹果是给你们太婆带来的。太婆已经八十多岁了,身体又有病,咱家有了什么好吃的,应该给她留着,让她多吃几次。你们说我说的对不对?"

我和哥哥没有回答,忙把苹果放到妈妈手里。

妈妈看了看手里的苹果,又看了看我和哥哥,脸上忽然没了笑容。好一阵之后,她才摸了摸我们的头,转身走进屋里。

我们在院子里玩了一会儿，哥哥说："别玩了，咱们该做作业了。"

我和哥哥走进屋里，看到妈妈站在太婆床前，正准备削苹果。太婆看到我们，擦擦眼泪对妈妈说："俩孩子长这么大还没吃过苹果，你就让他俩一人吃一个吧。"

妈妈笑着说："奶奶，他们以后吃苹果的机会多着哩，你就别老想着他们了。"

太婆又擦了擦眼泪说："孩子，难得你的这一片孝心，可你不让他俩尝尝，我吃着也没啥味呀。"

妈妈给我们使了个眼色，我和哥哥忙拎着书包走出屋外。

那天我们吃罢晚饭，妈妈把我和哥哥叫到她面前，端起放在案板上的一只碗说："伸手。"我们把手伸了出去。

妈妈在我和哥哥的手里放了几片苹果皮，笑盈盈地说："吃吧，孩子。"

我捏起一片苹果皮放到嘴里，慢慢嚼着，立刻，满嘴都是苹果的香、苹果的甜。正在细细品味的时候，哥哥叫了起来："妈妈，苹果皮是苦的。"

"苹果皮苦？"妈妈有些惊奇地看着哥哥。哥哥把苹果皮递到妈妈面前，妈妈忙捏起一片放到嘴里嚼了嚼。忽然笑了起来，轻轻拍拍哥哥脑门儿说："你这小鬼头哟。"

我也连忙捏起一片苹果皮放到妈妈嘴里。妈妈把我和哥哥搂在怀里，一边嚼，一边高兴地说："真甜真香啊。"

我常常想起第一次吃苹果皮的往事。随着岁月的流逝，年龄的增长，愈来愈深刻地认识了妈妈那美好的心灵。

如今，吃苹果已是极平常的事，但在我的感觉里，第一次吃的那几片苹果皮，滋味是最难忘的。

母亲是孩子人生的第一位教师

赏析／汝荣兴

对"三十多年前的事"，今天的中学生显然不会熟悉，甚至可能会觉得不可思议，但相信这绝不会削弱大家对这篇作品所塑造的母亲形象的深深的感动。是的，这篇作品中的妈妈是一位有着"美好的心灵"的妈妈——那"几片苹果皮"，便是妈妈那"美好的心灵"的生动载体。事实上，随着岁月的流逝，随着年龄的增长，这篇作品中的那几片有着"苹果的香、苹果的甜"的苹果皮，一定会跟作者一样在我们的记忆里成为一种香香甜甜的永恒。

"妈就是砸锅卖铁、沿街乞讨也要供你们!"除了天底下的母亲,还有谁能说出这般掷地有声、足够让人热泪盈眶的话来?

一个都不舍得

● 文/尚美姣

"慧芬,丽丽电话。"邻居隔着院墙喊慧芬。

丽丽是慧芬的女儿,在省城的一所专科学校学习电脑专业,还有几个月就毕业了。慧芬真怕去接电话,心情顿时沉重起来,手一抖,差点把碗里的面条撒在地上。

从邻居家回来,丈夫还坐在床边喝着面条,慧芬却再也没心思把剩下的半碗清汤面喝进肚里。丽丽急需三百元钱!这件事石头一样压在慧芬心上,去哪儿借呢?

邻居刚才不阴不阳的几句话像刺猬扎得慧芬浑身不舒服:

"慧芬,不是我说你,丽丽一个女孩家学什么电脑?这两年要是跟着俺家小玲去广州打工看能挣多少钱?你也不用作恁多难,欠恁多债。撑不住就别让她念了,看俺小玲前几天又给我寄了一千块钱。"

丽丽初中毕业没考上高中,让丽丽上学是慧芬自己的决定。因为还有两个儿子上初中,便遭到了丈夫的强烈反对。慧芬不想让女儿重复自己的生活,坚持让丽丽自费上学。那时候,丈夫是身强力壮的泥瓦工,农闲的时候就去工地干活,日子虽紧点但还能过得去。去年冬天,丈夫从脚手架上滑落,腰椎骨折,瘫痪在床,不但不能干活挣钱,看病还落下一堆的债。

丈夫心疼地看着几个月便苍老几岁的妻子说:"让她回来帮你吧!咱已经争不起气了!"要说慧芬没有过让女儿回来的想法是假的,刚刚对着电话她真想说:"丽丽,妈真供不起你了!"可话到嘴边的时候,女儿说:"妈,电话费很贵,我挂了。"

权衡再三,慧芬还是不甘心让眼看就要毕业的女儿失学。她决定卖三编织袋玉米给女儿寄钱。

从邮局回来,天下起雨。虽然已经是春天,下雨的时候屋里还是有点儿阴冷。

丈夫的腰又开始疼痛,慧芬用剩下的钱冒雨去给丈夫买药。

雨水冲洗着慧芬撑着的伞,伞下的慧芬用泪水给自己洗脸。一个决定忽然在慧芬心中产生,她要学电视里的那位母亲用抽稻草的方法来放弃两个儿子中的一个。跟那位母亲不同的是,她用麦秆不用稻草,她要把麦秆握在手心不放在席子下。

天黑了,两个儿子骑着一辆自行车回到家。慧芬特意炒了两个菜。平常的时候,他们大都是吃自己晒的豆瓣酱或者咸菜,很少炒热菜。学校离家远,两个儿子中午不回家,慧芬两口子一般都是吃清汤面条。

小儿子问:"妈,今天咋做恁多好吃的?"

"今天下雨,没去地里干活,有空。也该给你们爷儿仨改善生活了。"

慧芬给丈夫拨一小盘菜端进里屋,顺便把准备好的麦秆藏在手心,然后坐在两个儿子中间,看看这个,看看那个,掐哪只手哪只疼。为了不影响孩子们吃饭,慧芬决定等儿子们吃饱再说。

儿子并不知道这顿饭要改变自己一生的命运,两个人狼吞虎咽地吃了起来。

小儿子看慧芬不动筷子,问:"妈,你咋不吃?"

"我跟你爸一块吃。你俩多吃点。"

大儿子看慧芬的脸色有点不正常,问:"妈,你怎么了?脸色这么难看。"

慧芬有种做贼的感觉,心扑通扑通跳,忙站起来:"没事,没事,穿少了有点冷。"

麦秆在手心里握出了汗,慧芬还是没勇气把头露出来,更没有勇气把话说出来。

饭吃完了,小儿子主动帮妈妈洗碗刷锅。大儿子今天很高兴:"妈,模拟考试的成绩今天出来了,我是年级第一,老师说,考重点没问题。"

小儿子也调皮地跟着哥哥说:"妈,我向哥哥学习,下回也弄个第一,给您长长脸!

慧芬握麦秆的手像是被马蜂蜇了一下,手一颤,两根麦秆随之滑脱。慧芬为自己生出这样的决定惭愧极了。

她看看儿子,长出一口气:"只要你们能考上大学,妈就是砸锅卖铁、沿街乞讨也要供你们!"

负重的母爱

赏析／汝荣兴

　　"妈就是砸锅卖铁、沿街乞讨也要供你们！"除了天底下的母亲,还有谁能说出这般掷地有声、足够让人热泪盈眶的话来？也许,从故事的角度去看,这篇作品显得有些平淡,但绝不平淡的是母亲的那颗心——那颗面对着艰辛的生活丝毫也不减对儿女的爱的心,那颗为了自己的儿女甘愿去含辛茹苦的心。当然,母亲的这颗心也曾经历过犹豫,甚至也曾有过要"用抽稻草的方法来放弃两个儿子中的一个"的打算,而这,无疑更使母亲的形象有了一种真实的质感。

一个女市长的遗愿

●文/彭 达

她仰卧在床上,肩背被高高的枕头垫起,可依旧呼吸困难。她嘴张得老大,脸像墙壁一样惨白。

床前,静立着看护的人:大夫、护士、秘书、丈夫、念高小的女儿芳芳及揣着笔记本的记者。

大夫俯下身仔细地听了她的心跳,然后,缓缓地立起身,抬腕看看表,向秘书投去一瞥,那意思是极其明白的。

难道她就要这样地去了?真有点不敢相信。她本是精力充沛的女人,她还没有过四十五岁,在中级领导层中,她是年富力强的。她担任市长两年多来,使这个小小的江滨城市发生了不小的变化:整洁的市容,产值的翻番,还有兴修那为人所不齿却一刻也不能疏忽的公共厕所……她为这个城市耗尽了心血。

她本不该这样早早地离去。倘若不是洪水陡涨,倘若不是堤坝决口……

她要去了,就这样躺在自家的床上,默默地去了,室内,回旋着悲凉的哀思。

她却不肯瞑目,眯缝的眼里透出一种光来,这是一种寻觅和切盼之光。张着的嘴微微翕动,似有话语交代。

众人一阵迷惘。他们环视卧室,想找些所需之物了却她的遗愿,以此慰藉这颗即将停止跳动的心。

秘书递她常年不离手的提包,那里面装有她批阅过的各类文件。她却依然瞪着眼。

大夫递过几粒药片。她还是睁着眼。

想是得到点闪光的言语吧,记者将耳朵贴近她的嘴唇,却一无所获。

……

大家失望了,谁能探索到这个市政最高女官员的内心奥秘呢?

她的丈夫默默地将女儿引至床沿。像是一种回光返照,她脸上突然有了生气,垂着的手缓缓移动,费力地攥住女儿的前襟,随后闭上眼睛,溘然仙逝了。

记者轻轻地为她放平枕头。这时,他发现枕头下面压着一个绿皮笔记本。大家打开一看,里面是她的防汛日记,在最末的一页,醒目地记着一条:今晚要为芳芳钉扣子!

"刷——!"目光射向芳芳的衣襟,上面的衣扣已经脱落了两颗。大家记得,那天夜晚,她倒在洪水中了。

泪,漫过众人的眼睛。他们看到了一个女市长的朗朗硬骨,也看到了一个母亲温柔的心。

平凡之爱

赏析/汝荣兴

一位身为"市政最高女官员"的女市长的遗愿,竟然是"今晚要为芳芳钉扣子"——这是多么出人意料的一个结局,这又是多么叫人心为之怦然而动、泪为之潸然而下的一种情怀啊!确实,这篇作品让我们"看到了一个女市长的朗朗硬骨,也看到了一个母亲温柔的心"。实际上,就人物形象塑造的角度而言,只有那种充满着人性的人物形象,才是真正高大和真正光辉的人物形象,就像我们现在所看到的这位既有血又有肉的女市长。

要是我们在读罢作品后再去默默地读读这个标题,相信我们也是一定会"眼泪就扑簌簌地流下来"的。

你的孩子让我抱抱

● 文/宗利华

母亲到城里来,照看她的孙子。

孙子还不满两周岁,一脱手便跌跌撞撞做奔跑状。然而,不出几步,就会跌倒。跌倒,母亲并不去扶,母亲有她自己的处理方式。母亲说,自己跌倒,要自己爬起来。我们兄妹几个,小的时候就一直接受这些理论。但我的儿子,母亲的孙子却并不配合,他哭起来,等奶奶去拉,否则,便趴在地上。

母亲对此非常自信,极有耐心。

于是,祖孙两个,在人行道边上对峙。就在这时候,那个女人出现了。

女人的目的很明确,这从她的视线就能看出来。她是冲我儿子来的。

女人眼窝很深,这样就显得像是睡眠不足。她瘦削的脸上挂着笑,那笑看上去非常灿烂。

她老远就张开了手,把我的儿子非常利落地拉起来,那个动作仿佛在一瞬间就完成了,甚至母亲还没来得及去阻拦。

女人把我的儿子揽在她怀里,腾出另一只手去拍打身上沾的土,嘴里说:好孩子,摔疼了吗?

母亲赶紧蹲下去,想把孙子接过来。因为,她看到孙子的眼睛直直地瞧着那女人,小嘴嘟着。母亲想,也许接下来,他就会哭了。他还太小,对陌生人还不那么认可。

可那女人似乎搂得更紧了些,依然笑着,说,我孙子也这么大了,也会跑了,一刻也闲不住,可调皮了,和他爸爸一样。他爸爸小的时候,就爬上爬下的,有一次,把刚长出来的牙都磕掉了一颗。

母亲笑着,应着说,男孩子嘛,不都顽皮吗?要老实安稳了,你还以为他病了呢。说着,伸手去抱孙子。女人伸了手,竟小心翼翼去抚摸儿子,母亲隐隐约约有点生气了,她是那样认为的,孙子是我的,你这般亲昵干什么呢?

女人却浑然不觉,继续说她的儿子,小时候他也长得这样,胖乎乎的,一笑,两酒窝……女人脸上簇成核桃状,移了腮去贴孩子的小脸。

母亲已经将笑收起来了。

她看到孙子的嘴撇了一撇,看来,他真要哭了。

母亲就伸了手,打算把孙子硬夺过来。

这时候,一个白发的老头子出现了,老头子显得很紧张,所以步子就很零乱。一边蹒跚着,一边喊,你怎么出来了? 你怎么出来了?

母亲吃惊地看看他,再看看那个女人。

女人嘿的一声笑了,说老头子,你来看看,他像不像咱儿子小时候?

老头走过来,笑着说,像,真像!

一边说,一边将我儿子抱起来,顺手递给了我母亲,同时小声说:对不起,没吓着孩子吧?

母亲这时把孙子抱紧了,轻声地和他说着话,抬起头,却发现老头搀着那女人沿路走过去了。

母亲回家,就跟我讲这件怪事。母亲说,那个女人,怕是个疯子吧?

我正摘下帽子,解着警服上的扣子,慢慢就顿住了。

那女人看上去年纪很大吗? 我问。

母亲点点头。

我就一下子沉默了,一个熟悉的影子执拗地出现在眼前。我告诉母亲,那个女人的儿子去年抗洪时离开了我们……

母亲看着我,老半天没说话。

很久以后的一天,母亲在道边上又瞧见了那女人,母亲赶紧让她的孙子喊奶奶。可是,那个女人似乎浑然不觉,眼直直地瞧着前方,走过去了。

母亲站在那里,瞧着那个背影,眼泪就扑簌簌地流下来。

母爱的牵系

赏析／汝荣兴

　　用抱别人的孩子这样一个洋溢着生活气息的细节,去表现一位失去了儿子的母亲那种对儿子的深深的思念,这篇作品的构思既别具一格,又充满了一种感人的力度。这里,我们有必要去细细地品味一下作品的标题——那是一个祈使句,一个看似平常、读起来可能还有些拗口、事实上却是包含了那个"女人"的全部情感的祈使句。是的,要是我们在读罢作品后再去默默地读读这个标题,相信我们也是一定会"眼泪就扑簌簌地流下来"的。

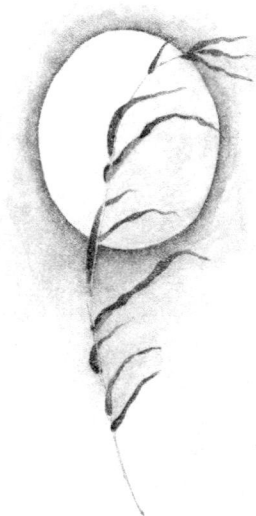

母爱如灯

化在掌心的糖

母爱,就像那盏灯光,在暗夜里静静绽放,无声无息,却照亮黑夜,照亮晦暗,照亮孩子回家的路。

在娘那"嗵嗵的心跳声"里,为娘的那种无私的大义与大爱,我们也忍不住要深情地这样叫一声:"娘!"

血 型 符 号

● 文/马金章

那天夜里,熄灯号悠长的颤音像一只无形的手,一下子揪住了他的心,揪得他七慌八乱:离凌晨五点仅剩七个小时了呀。

"娘,您路上劳累,就先歇吧。"他截断娘绵长无尽的话,抓起军上衣,想赶紧在左口袋上缝上部队代号、姓名和血型。

娘把军衣从他手里扯过来:"让娘缝。"

"我会缝。到部队一年,我连被子都会缝呢。"

"会归会,娘在跟前,就该娘缝。"

"是缝字。"他知道娘大字不识一个。

"你用笔写上。依着样儿,娘还能描花绣凤哩。"

他掏出钢笔,在口袋上沿儿一笔一画写上"三三七〇二张强根 O 型"的字样儿。

"衣上缝字干啥?"娘一边穿针引线,一边问。

"战友这么多,一色一式衣服,缝上字,不易串换,丢了好找。"说这话时,他舌头有点打拐发硬。

娘嗯了一声。沉默了一会儿,停下手中的针线,看着他问:"根儿,离家一年了,想娘不?"

他心一紧,但还是用平静的口气说:"想娘时,合上眼,娘就到跟前了。"

娘笑了。娘心中盛不下的甜蜜正从她那眯细的眼角溢出来。他入伍离家的那天晚上,娘摸着他的头说:"根儿,到了部队,若想娘,就合上眼,心里轻轻喊声娘,娘就到你跟前了。"他当时以为娘开玩笑,可到部队一试,果真灵验。后来,他就把这法儿传给了战友,战友们试了都说灵。他们戏称这法儿为"强根定理"。可这定理的发现者不是他强根,是娘呀。

他端详着娘:娘的头发已由去年的灰白变为银白,脸上的皱纹也加深了一些,像一道道反画的抛物线。娘今天突然来部队,莫非听到了什么风声,还是意外巧合? 强根想了想,试探着问:"娘也想儿吧? 要不,这么远来……"

娘咧嘴笑了:"儿是娘身上掉下的肉,想不想,你说呢?"

强根嘿嘿笑了。笑过,心一沉,嗫嚅地说:"娘,前一段,我参加了部队高校统考,但没考上。孩儿无能,这辈子,恐怕不能穿四个兜儿的军服给娘荣耀了。"说过这些,他不安地看着娘。

娘停住针,用异样的眼光审视儿子一会儿,说:"根儿,娘送你到部队,不图你混个一官半职,只求你出息个人样儿。"

娘的话,似一股清凌凌的泉水在儿子心头漫过。强根感到清爽爽、甜丝丝的。

娘这时已缝到"O"字,缝着缝着,娘的手哆嗦起来。娘慢慢抬起头,意味深长地打量着儿子:"根儿,这是血型符号吧?"

他惊愕了,娘怎么认识血型符号?

"根儿,你有事瞒着娘。抗美援朝时,送你爸上前线,我给你爸缝衣服,你爸衣服上,就有这么个圈圈儿。"娘的声音发颤。

听了娘这话,强根心头一阵滚热,欣喜和愧疚的泪水夺眶而出,他觉得再也不能隐瞒娘了,他抹着泪水说:"娘,天一亮,我就要随部队,奔赴前线保卫边疆了。"

娘听了什么也没说。

在娘手里,绿军装上红色的圆慢慢合拢了。

"娘。"他一下子扑到娘的怀里。

娘紧紧地搂着儿子。这时,世界上一切声音都不复存在了。他听到的,只有娘嗵嗵的心跳声。

深明大义的母爱

赏析／汝荣兴

一个血型符号,串联起这个关于既是妻子又是母亲的娘的故事;一个血型符号,既平实又生动地表现了娘那种虽是"什么也没说",却以其行动胜过了千言万语的大义与大爱。不错,娘的手也会哆嗦,娘的声音也会发颤,但儿子那件绿军装上的那个"红色的圆",早已在娘的手里"慢慢合拢",一如娘当年的"送你爸上前线"。于是,在娘那"嗵嗵的心跳声"里,为娘的那种无私的大义与大爱,我们也忍不住要深情地这样叫一声:"娘!"

只要有爱，生命就是不朽的。

与 爱 同 在

● 文/语 录

有一年的冬天，疼爱我的外公忽然去世，一种难言的悲怆几乎吞没我的生活。在一个落雪的晚上，好友忽然提出要陪我喝酒，酒阑人醉的时候，他讲述了一段他亲身经历的故事……

大哥因病去世那年，母亲已经七十岁，为了不让体弱的母亲过度悲伤，我们兄妹几人商量后决定向母亲隐瞒这个噩耗。由于大哥生前住在外地，只有逢年过节的时候才会与母亲团聚，相信母亲是不会察觉的。

尽管我们都避免提及大哥，但是一段日子以后，母亲还是念叨起来，说大哥是儿女中最孝顺的一个，为什么现在这么长时间都不来看她。我们只得用种种理由来搪塞，说大哥身体不大好或者工作太忙走不开，为了让母亲相信，我们甚至还编写大哥的来信读给她听。起初的时候，很容易就能应付过去，毕竟母亲已经是七十岁的老人，反应已不那么敏锐，可时间一长，所有的理由都变得苍白无力，母亲对大哥的思念愈发急切，她开始嚷着非让我们领她坐火车去大哥家不可。我们只好用她年岁太大外出不便加以推托，每次看到母亲的要求被我们拒绝后那失望的表情，我的心便会如刀割般的难受，甚至有犯罪般的感觉，不敢面对母亲的目光。那个时候，我真想把一切真相告诉母亲，然而理智终究阻止了我这样做。渐渐地，我们开始习惯于母亲的念叨，母亲也习惯了我们的拒绝，加上她的身体愈来愈差，所以也不再提什么过高的要求了，然而，那份痛失亲人的悲痛却时常攫取着我们渴望宁静的心。

那年的冬天，在我休完寒假准备返校的前夜，母亲忽然将我叫住，用瘦骨嶙峋的手从枕头下取出一件羊毛背心交给我。这件背心我见过，那是我父亲生前最喜爱穿的。我不解地望着母亲，过了一会儿，母亲才颤巍巍地对我说，你回校前无论如何去大哥那里绕一下，把这件羊毛背心也捎去，兄弟姐妹中就你大哥吃的苦最多,离开妈的时间最长,大哥这么长时间没来,一定是腰病又犯了……一股热流刷地涌上我的心头,我百感交集地从母亲的手中接过了那件羊毛背心,那一瞬间,我忽然有种释然的感觉,大哥真的并没有去世,一家人不是像以往一样在彼此思念彼此牵挂吗?大哥只是去到一个更遥远更美丽的地方,总有一天,我们会在那里重逢!

那以后,我终于能坦然地面对母亲牵挂的面容,终于能平静地和母亲一起回想我的父亲我的大哥以及许许多多远离我的亲朋好友,也许母亲永远也不会知道大哥其实早已不在人世,但这已无关紧要,重要的是,我知道我们挚爱的人永远不会离去,知道了生命中有比悲痛更重要的东西。母亲在四年后离开了我们,弥留之际,她握着我们兄妹的手,无限欣慰地说:"我终于可以见你们的父亲和大哥了。"……

好友的故事讲完了,我已热泪盈眶。那个寂静的夜晚,忽然让我对一向最惧怕的生离死别有了更深的理解。

只要有爱,生命就是不朽的。

不 朽 的 爱

赏析／汝荣兴

是的,"只要有爱,生命就是不朽的。"读这篇作品时,最令人禁不住要动情的,无疑便是母亲在弥留之际所"无限欣慰地"说的那句话——其实母亲早已知道"大哥"已不在人世。于是,再回过头去想母亲要"我"转交给"大哥"那件羊毛背心的细节,想母亲那时的"颤巍巍",我们便更加的要为母亲对"大哥"的那种最真挚、最深沉的思念之情而热泪盈眶。是的,这就是母亲的爱啊,那种不仅与生命同在,甚至能超越生命的爱!

这篇作品既让我们看到了母亲的无私和无畏，又让我们深深地体味到了母爱那种强大得无与伦比的生命力。

母 子 俩

●文/宗利华

车祸！

母亲肯定眼睁睁看着另一辆车从一侧直撞过来！

因为，母亲做了一个天下所有母亲在那一瞬间都要做的动作，她把自己的身体弓起来，形成一个半圆。

那弧心里，是她一周岁的儿子。

她用自己的身体，来遮挡儿子根本不能意识到的危险。

撞击声。客车翻倒。车里的人成了饺子馅儿！

救护人员撬开了车门，把一个个活着的，或实际上已经死去的人，掏出来。

他们在掰开母亲的双手时，很费了一番气力。母亲已经昏迷不醒，但她的手却紧紧搂抱着儿子。婴儿的眼睛是瞪着的，那双眼睛奇大，眼珠儿漆黑。在打量每一个陌生人，似乎在问，这里究竟发生了什么事？

就近的一个女护士呆愣一下，眼里，有了泪花儿。

母亲的危险，是一眼就能看出的。经过检查，医生发现，在她的腹腔内，有大量淤血。

她像是睡着，几乎没有呼吸地睡着。整整一天。

婴儿放置在她的身边。一开始，那孩子并没有哭，甚至还很坦然地睡。脚步飞快的医护人员，也似乎忽略了这个小家伙的存在。

他是以一声啼哭证明他的存在的。那声哭，夹杂着无限的委屈。

可是，大家依然没有太关注他——需要抢救的人太多。

婴儿的声音愈来愈高。他的嘴巴张得很大，很圆。两只小手紧攥着，四下挥舞。小脚蹬踏着，很有节奏和力度。

差不多整座医院里，都回响着这个婴儿的啼哭。岂止整座医院，似乎这座城市的上空,都盘旋起那尖锐凄厉的哭声。

首先,一个小护士伸出手,将他抱起。接着,他在一个又一个怀抱里,被轻轻地摇着。有医护人员,有病人,有前来探望病人的家属。每个人都想尽各种招数。有的唱歌,有的低声细语,有的脸上作出各种逗他笑的表情。甚至,有个女人猜想他许是饿了,想喂他奶吃。

结果,没有一种办法奏效。

他哭得酣畅淋漓。而且,感觉他的喉管随时都会崩裂。

母亲苍白着脸,紧闭着双眼,鼻孔里插着输氧管,吊瓶里的液体,一滴、一滴下落,沿着透明的管子,输入进她的血液。但主治医生已经断言,就她的伤情,根本不会再睁开眼睛。

哭声愈来愈烈。

先是一个护士惊讶地叫起来,她醒啦!

就近的人,都去看那个母亲。

母亲眼睛依然闭着,整个身体一动不动。

但是,母亲的眼角有泪珠滚下去! 眼角周围的肌肉,索索地动了几下。

护士把孩子轻轻放到母亲身上。孩子的哭声开始减弱。孩子在寻找母亲的乳头。他终于找到了,含在嘴里,吸着。孩子的哭,戛然而止。停得有些突然,有点出人意料,停得四周突然一派寂静了。

母亲的眼泪也止住。母亲的嘴角悄然动了一下。

车祸发生后的第三天早上,母亲奇迹般地醒过来!

她开始以微弱的声音讲话。

医生试图从她嘴里获悉一些她家人的情况。那个母亲断断续续告诉医生,孩子已经没有了爸爸。她丈夫在一年前,去建筑工地打工,不慎从脚手架上跌落下来,摔死了。

房间里,几乎所有人都悄无声息地呆了一会儿。

那个一周岁的婴儿,此时,心满意足地躺在妈妈身边,大眼睛骨碌碌地转着,似乎对那个吊瓶产生浓厚兴趣。

小家伙突然伸出手,向那个吊瓶抓去。

尽管,心目中那个玩具距他很遥远。

但他笑了。

很开心地笑着。

惟有母爱才能创造奇迹

赏析／汝荣兴

　　我们可能都会说作品中的那位母亲能醒过来真的是个奇迹。是的,这是一个奇迹,一个爱的奇迹,一个只有身为母亲的人才能创造的奇迹！事实上,和母亲在车祸发生的刹那间,会毫不犹疑地做出那个能成为永恒的动作一样,连医生都已断言"根本不会再睁开眼睛"的母亲,之所以会在儿子的哭声中醒过来,完全是母爱的力量使然。这篇作品既让我们看到了母亲的无私和无畏,又让我们深深地体味到了母爱那种强大得无与伦比的生命力。

只有母亲才会时时处处为你欢喜为你忧,而我们,又该怎样做才能让母亲少些忧虑呢?

情 书

文/顾 工

当母亲的偷看一封女儿尚未寄出的情书时,是种什么滋味?喜呢?悲呢?愤懑呢?还是感伤?——杜雅一早起来,就把女儿芳芳关起房门写了一夜的信,悄悄藏进自己的衣兜。芳芳背起书包要去学校时,乱拉抽屉,乱翻字纸篓,四处寻找,大声嚷嚷:"妈妈,您看到我写的一封信了吗?一封赶写的信?"

杜雅很紧张,很怕女儿识破自己的偷窃行为,只好支支吾吾地回答:"什么信呀?自己写的信自己看不住,还问人家,还让别人操心?"女儿像个相面先生,用专注的眼睛盯着妈妈的脸,看了好久,最后像识破了什么似地把书包一甩,笑着跑了。她跑出大门后,转过脸来,朝站在阳台上的妈妈大声嚷嚷:"妈妈,等我回来再找您算账!"女儿轻盈的连衣裙,像是刚刚落地的降落伞,一会儿就被初夏的熏风吹得无影无踪……

母亲忧虑地望着消失了的女儿的背影,长长地舒了口气。她怀着像看侦破小说一样的忐忑心情,从未封口的信中取出一张玫瑰色的信笺。她戴上老花镜,一字一句地读。女儿平时写作文很潦草,每个字都伸胳臂撩腿,像是鬼画符;这信上的字却很工整,仿佛是在刻钢板——

皮皮,我的皮皮:

我们俩是在做游戏吗?做一场人生的游戏?很小很小的时候,我就扮过新娘,采一束野菊花,拴在我的丫丫辫上。谁在扮演新郎?就是我家饲养的那条大狼狗。我搂住狗脖子,和它那毛茸茸的嘴巴,亲了个长长的吻。你看到这里,你以为我是在讽刺你吗?不,我是真心真意的,希望有一天,你能替代我小时候宠爱的那条大狼狗。吻你,再吻你,你将来也会有张毛茸茸的嘴巴吗……

你的芳芳,永远是你的!

化在掌心的糖

感动系列

杜雅看着女儿这封童话似的情书,顿时羞红了脸,哎!这死丫头,人小心不小。平常是一副天真烂漫,有口无心的样子,谁知在心坎里竟藏着这么些乱七八糟的东西。皮皮是谁?大狼狗?她小时候哪儿来这么条大狼狗?只有我小的时候家里才养过一条,它是我童年的忠实伴侣,衔着我的书包上学,衔着我的书包回家……后来,在跷跷板上遇到个小男孩……后来,他长成个小青年……后来,他成为芳芳的父亲……哎哎!这封情书,不就是我当年写的那封情书吗?几十年来,自己一直珍藏着,珍藏着,压在箱子的深处,压在心底的深处……可是现在,现在怎么落到女儿的手里,她又照抄了一遍——除了把她爸爸的名字,改写成为"皮皮"以外,别的几乎是一字没改……

哀哀,我可怎么再见我的女儿?!

哀哀,我的女儿怎么再见我?!

傍晚,芳芳背着书包回来了。她一进门,就冲妈妈做了个调皮的神秘的鬼脸。杜雅不敢用正眼瞧。女儿的脸有处放,自己的脸还不知该往哪儿放哪!她觉得当妈妈的尊严,圣洁感,全被女儿抄了家。真悔不该箱子没上锁。女儿长大了,什么都乱翻。杜雅觉得自己的脸发烫发烧。

芳芳比妈妈大方得多,自在得多。她扒着妈妈的肩膀,贴近妈妈的耳根,用隐秘的气音说:"妈妈,咱俩来个交换俘虏吧!我把您当年写的情书还给您;您把我昨天写的情书还给我。行吗,君子协定!"

杜雅气得想哭,又想笑,真没办法,今天当丫头的,可不像过去当姑娘的!自己十五岁的时候,写那封情书,是躲着,藏着,钻到床底下才写完最后一句。往邮筒里投的时候,还往四处看,方圆一里之内有没有人跟踪。女儿可倒好,写情书不肯费心思,还不脸红?

"你真该好好学文化!"妈妈用叹气来掩饰窘迫。

"我跟妈妈学!"芳芳作出一副乖顺的好孩子的样子。

"不学好。"杜雅都不知道自己是在真怒,还是假怒。

"咦,不是说要踏着革命前辈的脚印前进吗?"

"别在我面前耍嘴皮子。芳芳,你要知道你还小!"

"妈妈,您写那封信的时候,您是不是比我还要小?"

杜雅让女儿将军将得没词了。唉!现在的孩子,现在的孩子!现在一切的节奏都在加快,难道思想的节奏、爱情的节奏也在加快吗?自己是这样地为女儿忧虑,当年自己的爸爸、妈妈,可也曾这样为女儿忧虑过?

芳芳的爸爸进来了,领着个十七八岁的瘦高男孩。

爸爸真像是抓到了一名俘虏，进屋时粗声大气地嚷嚷：

"这个男孩，站在我们家门口来回溜达，还扒着窗户缝往里乱瞅。"

芳芳一见，乐得手舞足蹈，心花怒放，扑上前去说：

"哦，皮皮，我叫你站在远远的，远远的地方等我，多等一会儿，谁知道你……"芳芳握着男孩的手，兴奋地回过脸来说，"妈妈，您把我给皮皮写的信，当面交给他吧！我也把您过去写给爸爸的信，当面交给爸爸！"

为儿欢喜为儿忧的母爱

赏析／汝荣兴

这是一篇该属所谓"早恋"题材的作品。不过，作品的核心内容其实又并不是女儿芳芳在"早恋"这件事，而是身为母亲的杜雅的那种"忧虑"。那么，为什么自己就是如此这般过来的母亲杜雅，要为女儿芳芳的"踏着革命前辈的脚印前进""忧虑"？对此，我们或许可以归之为"代沟"之类，也可以像芳芳那样半真半假地去反唇相讥，但我们同时还应该而且必须看到这种"忧虑"中所深藏着的那种母亲的爱。是的，只有母亲才会时时处处为你欢喜为你忧，而我们，又该怎样做才能让母亲少些忧虑呢？

这是一篇平实得如同在听作者拉家常一样的作品,这又是一篇能使我们很亲切又很深切地体味到那种平实的感动的作品。

左 亲 右 爱

● 文/舞月飞

那天晚上,接到远在千里之外的父亲的电话。电话的那端,父亲在叙述近来母亲不太好的身体状况,我没有插话,静静地听着。握着话筒,突然真切地意识到电话线的另一端已是两个苍老、无助的老人。妻握着我的手说,"坐飞机吧,早一点到家,多一点时间陪陪爸妈。"

下了飞机,又经过几个小时的奔波,车一到县城,就看见母亲在四处张望。一看见我,她眼前一亮,忙不迭地跑过来。我问她:"怎么这么巧?今儿赶集,正好碰到我们?"

母亲笑道:"我在家闲着也是闲着,就天天过来瞧瞧!"

母亲说得轻描淡写,可我知道,从我家到县城坐"麻木"(一种三轮摩托)都要收五元钱,辛苦节俭了一辈子的母亲断舍不得花这五元钱,答案只有一个,就是母亲天天走着过来。

在南方的老家总是阴雨绵绵,加上天气转寒,自然容易引发风湿性关节炎。我让父母亲到我那里住,毕竟北方雨水少,并且冬天有供暖,他们的身体自然要好一些。父母亲不愿意,说又要花钱。最后没办法,我骗母亲说,妻有了身孕。父亲说家里还有几头猪要养,还是让你娘一个人去吧。

一进城里的家,母亲就当上勤杂工,拖地板、洗衣服、煮饭炒菜,不停不歇。母亲用她惯常的生活方式,精心打扮着这间夹在楼群中极不起眼的小屋,并尽心伺候着妻。不久母亲不解地问我:怎么她肚子不见大,而且吃的比我还多?我忙说,才怀上呢。

时间长了,母亲也知道了我们善意的谎言,要回老家去。没办法,我说:"这个周末带你出去转转。"母亲不同意,说又要花钱。为了排遣母亲的寂寞,我决定请专门的陪聊人员每天上门陪母亲聊天。并骗她说这是同事的亲戚,来串门的,可这怎么能骗过她呢?

接下来一连好多天,干完家务的母亲就说她要去别的老太太家串门,我们也没在意。一天,遇到同楼的邻居,他说,你们家的乡下亲戚真能干,比我们城里的钟点工卖力多了,一个小时干别人两个小时的活。我的泪一下子就下来了,原来她去做钟点工去了。母亲怕丢我面子,做钟点工的时候,只说是我的远房亲戚。

干了半年,母亲将她半年挣的一点工钱交给我,我坚持不要。母亲说,别人当父母的可以一次性给你买套房子,我能力有限,只能挣点是点。再说城里的生活水平太高了,一斤鸡爪就二十元,老家都没人吃……

母亲要回去了,说惦记父亲,我知道她是担心自己年纪大了,怕做钟点工人家嫌弃,当然也是过不习惯城市的生活。母亲临走的时候说:"我回去再多养几头猪,多换几个钱,帮帮你。等你们真的有孩子,我再来……"

平实的伟大

赏析/汝荣兴

母亲一方面是自己"断舍不得"花钱,另一方面则又总想着要以自己的劳动为我们"多换几个钱",这是一种多么朴素又多么高尚的爱呵!是的,面对母亲的这种爱,我们所有的孝顺都显得那样的微不足道。是的,纵然母亲根本没能力为我们一次性买套房子,但她老人家的那种爱,便是足够我们享用终身的最最巨大又最最宝贵的财富。这是一篇平实得如同在听作者拉家常一样的作品,这又是一篇能使我们很亲切又很深切地体味到那种平实的感动的作品。

不管时代如何发展,也无论物质怎样丰富,我们最最需要也最最离不开的,惟有母亲,惟有母爱。

妈妈,谢谢你

●文/[日本]铃木康之

櫻花凋谢了。到了藤花开放时,杜鹃花开放,彩子也还是无精打采的,变得越发忧郁了。她每天这样嘀咕着:

"薇子、佐月都考上了,只剩下我一个人。"

就在这时,一天早晨,彩子拿着报纸,一溜烟跑进厨房。

"妈妈,你看这药,一定要替我买啊。"

她摊开报纸的广告栏给母亲看。

"怎么回事啊?"母亲在广告栏上飞快地看着,"呃,SF 制药公司新推出了记忆力强化药——强记灵。"

立即买来一试,效果超群。英语单词和数学公式,世界史的人名和事件名等,像强力吸尘器一样被吸进了头脑,真正称得上是博闻强记。

"妈妈,效果实在是好啊!"

彩子的脸终于绽出笑容,她扮着鬼脸对母亲说道。

"那么,今天的模拟考试怎么样?"母亲担忧地问。

"那还用说吗?准是一百分!"

"这下可好了。明年准能考上大学,可是……"

母亲脸上掠过不安的神情。

"可是,考生们都在服那药吧,这……"

教育当局为 SF 制药公司研制的新药已经伤透了脑筋,连续召开会议商量对策。

"怎样才能让 SF 制药公司停止销售?而且……"

官署的负责人也深感头痛。

"嗯,真不好办啊!那药我也喜欢吃。我不擅长数字,所以简直可以说是给我带来了福音啊。"

"还是重新出题吧。"

慢慢地到了正式考试。服用强记灵的考生们意气高昂地会集到考场里。教室内的沉默终于被打破。考生们翻开考卷的第一页。

"呃?"彩子傻眼了,如同跌落到无底的深渊里,考题的重点突然改变,是考考生们的高度判断力。

樱花又凋谢了——只好再努力一年。可是,彩子已经没有信心。

一年快要过了一半的时候,一天早晨,又来了许多报纸广告。

SF 制药公司又开发了判断力强化药——强感命。彩子眼睛发出光来,跑进厨房里,"妈妈,快来看这段报道!"

母亲正在沏早茶,她停下手,很惊讶:

"这回又说是判断力强化药……"

"快去买啊,有了那药,明天的考试肯定及格啊。"

强感命的效果是出类拔萃的。如果和强记灵合用,就是考 T 重点大学也不是梦想。在高考复习班里,待业的学生们兴奋地奔走相告。

"你也在服那药吗?效果特佳呢!"

"怎么?你也在服?真是大事不妙,看来那药的价钱还得涨!"

彩子的全国模拟考试成绩大幅度上升,同时人也变得温文尔雅,越发出众了,总之,性格也变得执著了。

母亲见女儿如此玩儿命,心中万分担心,半夜沏好咖啡替她送去。这已是母亲每天必不可少的"功课"。母亲终于忍耐不住,眼泪"扑"一下滴进了杯子里。溶着母亲眼泪的咖啡,每天晚上一到十二点,便送进彩子的房间。

正式考试终于来临了。会集在考场教室里的考生们表情各异,有的充满自信,有的坐立不安,有的眉头紧锁,有的满脸尴尬……

考试开始前二十分钟,教室里笼罩着紧张的气氛,监考官开始讲解考场规则和注意事项。

"开始!"桌上骤然响起翻阅考卷的声音。

"糟了!"彩子的脸色瞬间变得苍白。不可思议的是,解题特别顺手,简直毫无停顿,甚至还有能得满分的自信。

彩子一回到家里,母亲便迫不及待地问:"考得怎么样?"

"今天碰到的都是怪题,什么强记灵、强感命,全都没有用啊!考题全都没有猜中。嘿!那考题呀……怎么说呢,都是感情性的考题吧。"

母亲沏着咖啡，眼泪一下子从母亲的眼眶滴落到杯子里。彩子抿了一口咖啡，微微地笑着。

"妈妈，谢谢了。"

爱是生命之源

赏析／汝荣兴

为什么"强记灵"也好，"强感命"也罢，都没有在彩子的考试中真正发挥作用呢？那仅仅是因为考题的改变么？又为什么彩子在做那些"感情性的考题"时，能"特别顺手，简直毫无停顿，甚至还有能得满分的自信"呢？答案全在那杯"溶着母亲的眼泪的咖啡"中——只有那种深深的母爱才是我们智慧的源泉啊！这篇作品在告诉我们：不管时代如何发展，也无论物质怎样丰富，我们最最需要也最最离不开的，惟有母亲，惟有母爱。

妈妈,别怕,牵着我的手。

妈妈,别怕

● 文/佚 名

　　写东西就快十年了,自问对得起读者。可良心欠下的一笔债,却让我久久无法释怀。

　　孩子一岁零十个月大,母亲患了脑萎缩,而且还伴有积水。到去年五月,孩子整四岁时,母亲第三次去医院做了引流术。但病情还是急转直下:母亲很快就不认人了,时常找不到回家的路,甚至费了半天劲,也说不出一句完整的话。爸不敢让她单独出门,生怕一个大意,母亲会从我们生活中消失。

　　每次回到娘家,我总是一手领着孩子,另一只手牵着母亲,带她到处散散心。母亲习惯性地缩在我身后,亦步亦趋。我不停地问这问那,特别是一些小时候的事情。每一次,母亲都很认真地回忆着,不过大多数时候,这种努力是徒劳的:她已什么都不记得了! 有几次,她竟然急得当街哭了。

　　各种药物治疗,非但没有延缓病情的恶化,反而使原本消瘦、挺拔的母亲,一天天胖了起来。平静时,她嘴里总在念叨我们姐妹的乳名;时常莫名其妙地就暴躁起来,声嘶力竭地喊着谁也听不懂的话。经过一年的折腾,母亲的暴躁越发频繁起来。

　　夏夜,广场上聚集了好些人。妈妈双手用力拉紧了我,冲迎面走过的人,似笑非笑地点着头。不远处,铿锵的锣鼓,很快吸引了儿子的注意。他拉着我的手,使劲往那边拽;而高分贝的锣鼓,显然刺激了母亲,她烦躁不安地摇晃着我的手,同时,更加用力地向后拉扯着。那一刻,我真正体会到了,什么叫做进退两难。我尽力保持着身体平衡,情急之下,眼泪差点涌了出来。我只好劝孩子:"宝宝乖,先送姥姥回家,一会儿妈妈再带你来玩,好吗? "孩子小嘴一撇,背过身子,极不情愿地拖着长音,"嗯"了一声。

　　领母亲走路是件很吃力的事,因为她更像是个孩子;她甚至对树上拖下的彩灯都充满了好奇,边走边用手抚摸着,嘴里一个劲叨咕着:"好好、不要不……"路上车来车往,我格外用力地牵紧了母亲。这时,顽皮的儿子,猛然挣脱了我的手,一溜烟跑去追赶广场上的一辆电瓶车。我简直惊呆了,大声地喊着儿子。他竟装作没听见,头也不回地飞奔而去。我想去追,可又担心母亲。她似乎意识到我要松开手,两手从背后突然用力,紧紧地箍住我的腰,随即,"哇"的一声哭了起来。我用目光追着儿子,轻声劝着妈妈:"妈妈,别怕,我不走,你先放开手。"此时,我远远看见儿子脚下一滑,跌倒了。凭着做母亲的直觉,我感觉孩子可能是头先着的地。当时,我的心好像要从嗓子眼儿蹦出来,竟不管不顾地对着母亲吼了起来。我使劲挣脱了母亲,飞跑向孩子。顾不上细问孩子摔伤了哪儿,我便拎着他,来到了母亲身边。

眼前的情形,今生我恐怕再不会忘怀了:妈妈两腿跪在地上,左手向上弯曲着,右手轻轻地拍着自己的腹部,仿佛怀里抱了个婴儿;她眼里含着泪,嘴里爱怜地说着:"别怕,妈妈来了,妈妈来了……"边上围了一圈的人。此情此景曾经是何等的熟悉呀! 就在二十年前的一天,那时我上三年级。放学后,我横穿操场去妈妈工作的医院,不幸被高年级同学的足球击中,而倒地昏迷。醒来后,妈妈她就是今天的样子,我就是这样躺在妈妈的怀里;妈妈的嘴里重重复着今天的话语。二十年以后,这一切,我早忘得一干二净。而在母亲记忆里,竟然还是那样的清晰! 仿佛时光倒转,一切就发生在眼前。

那一刻,我再也无法抑制自己的感情,扑过去,跪在地上,搂着母亲双肩,放声哭了起来。泪光中我分明又看见妈妈牵着我的手,一次次过马路;灯光下,妈妈把着我的手,耐心地纠正着每一个写错的字;在我一觉醒来的时候,妈妈依稀还在那里洗着衣服……我止住哭,扶起来妈妈,一路上,我反复对妈妈也对自己说着这句话:"妈妈,别怕,牵着我的手。"其实我知道,当初爱的付出,是不图任何回报的,但我更清楚,爱至少不应这么轻易就被忘记的。

不能忘记的母爱

赏析／汝荣兴

　　是的,我们什么都可以忘记,但也绝不能忘记母亲对我们的爱。这篇作品以客观而又饱蘸最真切的情感的笔触,为我们刻画了一位什么都已忘记,却惟独还清晰地记得二十年前女儿倒地昏迷那一幕情景的母亲形象。母亲的脑萎缩了,那颗爱心永远都不会萎缩。这位看上去是那么的可怜的母亲,实在可以称得上是最可爱的母亲啊!因此,无论什么时候,不管是在什么情况下,我们都应该这样告诉母亲:"妈妈,别怕,牵着我的手。"

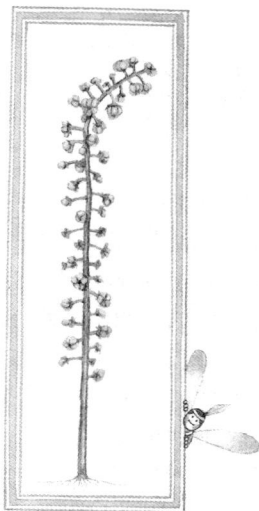

妈妈的眼睛是"世界上最漂亮最湛蓝最纯洁的眼睛"。

妈妈的眼睛

● 文/[俄]布洛宁

在世界射击锦标赛的现场，发生了有史以来从未有过的急死人的新鲜事：五十米手枪慢射冠军普钦可夫失踪了！在即将颁奖的节骨眼上，刚刚打破世界纪录的普钦可夫神不知鬼不觉地在众人的眼皮底下消失得无影无踪。

普钦可夫失踪得很不是时候，在恐怖、爆炸、劫持、绑架等等字眼屡见报端的大背景下，他的失踪不禁使组委会头头脑脑的神经顿时紧张起来，他们一个个心跳加速血压升高。广播喇叭更是声声急字字催："普钦可夫，马上去领奖台！马上去领奖台，普钦可夫！"

实际上，普钦可夫安然无恙、毫发无损。此时此刻，他正躲在一个谁也发现不了的角落里与他的妈妈通电话："妈妈，妈妈，您看见了吗？您听见了吗？赢了，赢了，得了冠军，破了纪录！"

"看见了！听见了！电视机开着呢，评论员的声音大着呢。你听，你听，广播里正喊着你的名字，快，快！领奖去！"千里之外的妈妈柳莎无比高兴、无比激动，她的嘴巴大大地张着，双眼一动不动，一副喜极欲哭、欲哭无泪的样子。

"妈妈，妈妈，您知道吗？用妈妈的眼睛瞄准，靶心就像又大又圆又明的月亮，手枪的准星一动也不动，子弹长了眼似的直往靶心钻。"普钦可夫热血沸腾、言犹未尽。这也难怪，对于一位双眼曾患恶性黑色毒瘤的人来说，能够逃脱无边黑暗的厄运，迎来鲜花如海光明灿烂的世界，这全赖妈妈柳莎的眼睛和医生巴甫琴科的妙手回春。

八年前，十岁的普钦可夫被确诊双眼患上恶性黑色毒瘤。几十所医院几百名大夫像串通好了似的，众口一词：做眼球摘除术！不然的话，快则三月、慢则半年……

命运如此残酷。天真活泼的儿童就得面对要么死亡要么黑暗的选择。这选择沉甸甸的,压得人透不过气来。普钦可夫直愣愣地望着母亲,用清纯而困顿的嗓音说:"妈妈,书上说'光明无限好、世界很精彩',我还没看够呢。书上说'生命是第一可宝贵的,对人只有一次而已',我才刚刚起步呢。"

柳莎完全明白儿子的意思。是啊,光明与生命二者兼而有之是再好不过了。可是,她非常清楚:感情战胜理智的结果是非常可怕的,她不能忘却丈夫的前车之鉴,她一字一顿地说:"儿子,你爸爸的病与你的一模一样,他不听医生的,结果呢……"柳莎再也说不下去,她声音哽咽,眼泪在眼睛里打着旋儿。

柳莎与儿子当机立断:两害相较取其轻。

决定一经作出,柳莎变卖财物,仅仅两天的时间,她一股脑儿地把汽车、钻戒和满头金发换成了现金。她卖得那样的果断、那样的坚决,她要让儿子手术前去看中国的万里长城,埃及的金字塔,美国的大峡谷,法国的凯旋门……

母子俩一路欢笑,怎么看也看不够,怎么说也说不完。普钦可夫忘却疾病,完全沉浸在母爱的幸福里。

这样愉快的旅程却不得不在中国长城的烽火台上戛然而止,因为柳莎的随身听的声波有力地撞击她的耳膜:眼科专家巴甫琴科发明了视神经诱导接合剂,使移植眼球的梦想变成了现实,一只盲犬已重见天日。

柳莎母子分秒必争日夜兼程,次日中午就来到巴甫琴科面前,要求马上手术:把母亲的一只眼球移植给儿子。

巴甫琴科看见了柳莎的眼睛,那是一对世界上最漂亮最湛蓝最纯洁的眼睛。

"眼球移植还从来没有在人身上试验过。"巴甫琴科说。

"总得有第一个吃螃蟹的人。大夫,把我的一只眼球移植给我的儿子,我和儿子就都有一个光明的世界。大夫,平白无故多出一个光明的世界,合算,合算。求您了。"柳莎说。

尽管柳莎的眼球和普钦可夫的眼眶配合得天衣无缝,尽管巴甫琴科努力努力再努力,人类史上第一次的眼球移植还是失败了,世界上徒添了两只义眼,一只在柳莎的眼里,另一只在普钦可夫的眼中。上帝就是这样,撒下了希望的火种,又浇灭了光明的火苗。

柳莎要进行第二次眼球移植:把她的第二个眼球移植给普钦可夫。于是,就有了一场艰难的对话。

"你是否知道最可能的结果?"巴甫琴科问。

"知道。"柳莎回答得很干脆。

"你坠入黑暗,你儿子也见不到光明呢?"

"知道，我做好了一切准备，能接受最坏的结果，能忍受一切痛苦。"

面对这样的母亲，巴甫琴科沉着冷静地做了第二例眼球移植手术。

功夫不负有心人，手术成功了。

柳莎和普钦可夫出院的那天清晨，天特别的蓝，风特别的暖，太阳和月亮都赶来看人间最动人的一幕：柳莎背着她的儿子，儿子闪着明亮湛蓝的右眼，发着走、停、左拐、右转的口令，母亲迈着坚定有力的步伐一直向前。

令人震撼的母爱

赏析／汝荣兴

人间最无情的是疾病，命运真的是那样的残酷，但因为有最伟大的母爱，所以我们便可以看到这"人间最动人的一幕"——在这篇作品中，普钦可夫那只"妈妈的眼睛"，不仅仅创造了打破五十米手枪慢射世界纪录的奇迹，更见证了一位伟大母亲那颗比所有的世界记录更珍贵、更令人从灵魂深处感动的心。是的，妈妈的眼睛是"世界上最漂亮最湛蓝最纯洁的眼睛"；母亲的心既是我们全部的幸福的惟一发源地，也是世界上全部的奇迹的惟一集散地。

哪怕天真会塌下来,我们也有母亲在身旁全心全意地呵护着。

七十二条短信

● 文/鞠甜甜

小若的二十岁生日,是二十年中最痛苦的一天。那天,小若面对了一个残酷的事实:她暗恋了两年的男孩子,他以前不曾、现在没有、以后也不会在意她。当时,小若只感觉天旋地转,自己几乎要崩溃了。毕竟,他是她两年的梦幻,是她二十年来惟一真正爱过的男孩子。

后来的三天,小若关掉了手机,不和任何人联系。没课的时候,小若要么呆在网吧上网,要么找一个合适的地方哭泣。小若不想吃饭,成天拎着几包饼干充饥。小若把自己封闭在被世界遗弃的角落,孤独而寂寞地存在着。

第四天,母亲突然出现在小若的面前:杂乱的头发,满是灰尘的外套,憔悴的面容已经找不到往昔的风采,小若搂着母亲哭得一塌糊涂,并且把一切都向母亲倾诉了,母亲安抚了她破碎的心灵。

小若送走了母亲,打开了手机,发现了母亲的七十二条信息。小若一条一条往后翻:

第一条:女儿,怎么关机了啊! 妈妈在医院,感冒,一个星期后回家。现在家里没人接电话,不要牵挂。

第二十四条:你出了什么事吗? 妈妈很着急,速回电话。

第七十二条:宝贝,你在哪里啊! 妈妈过来找你了。

小若再也抑制不住自己的感情,失声痛哭起来。这一次,不是为了他,而是为了母亲。

爱在平凡小事中

赏析／汝荣兴

　　作品实际上只写到了母亲发给小若的那七十二条短信中的三条,但这已经足够了,因为这已经足够使我们十分清晰又十分完整地看到母亲对小若的那种最平常不过又最深厚不过的关爱了。当然,这篇作品在用独特的条文形式细腻地展示母爱的无微不至的同时,其实还在这样提醒和告诉我们:哪怕天真会塌下来,我们也有母亲在身旁全心全意地呵护着,所以我们永远都不会孤独和寂寞,所以我们完全应该也完全可以坦然面对所有"残酷的事实"。

读罢这篇作品,那女人教她儿子结绳花和为儿子"纵身跳进井里"的细节,便会成为我们永远的记忆。

母 子 情 深

● 文／刘　柳

透过那扇黑色的,斑驳的窗户,可以看见两个人头,一个大的,一个小的,两个人头低垂着,却一动一动的,似乎在显示着生命的存在。

外头,太阳明晃晃的,照得遍地的白色、金色、红色,炫目得很,屋子里却阴阴暗暗的,太阳不愿光顾这里。近了,还能闻出屋中散发出的酸味、霉味、特别有一股时浓时淡的不知咋回事的臭味,仿佛这屋子从没人住过。

阴阴暗暗的屋子里两人低着头,头大的是个女人,女人正拿着一根红绳子在一个小脑袋小孩的手指间缠来绕去。女人在教小孩玩绳花呢。孩子好小,学不会,但孩子看来很喜欢那根红红的绳子。孩子用小指头拨动着绳子,咧着嘴笑,嘴边挂着的口水闪闪亮亮,滴落在红红的绳子上,随即又落在女人的裙子上。女人也不管,没看见似的,女人专注于自己与孩子手中的红绳子。女人认真地教孩子结绳花,口里念念有词:"这个搭这儿,这个往那儿搭。"女人的头发蓬蓬松松的,在肩上胡乱散着,女人的脸明明暗暗的被头发笼着……

女人其实是疯子,就是神经错乱,精神失常的那种人,女人很早前就疯了,在她还没有孩子前就是个疯子。

女人虽是个疯子,但从不会发疯,不会像其他一些疯子一样大吼大叫,在大街上乱走,追人,骂人……女人很乖,很安静。走出来和平常人差不多,只是女人的长长的头发从来没梳过,衣服也脏脏的,身上一股异味,这样,倒更使她像个乞丐。

女人自从养着她的老父、老母去世后,天天呆在家里,只靠老父老母留下的小摊子,勉强生活。村里人可怜她,有剩饭剩菜都拿给她。如果没发生那件事,女人应该会一辈子这样平静的过下去。

一连几天,都有人发现女人在河边走来走去,这确实是个反常的现象。于是人们便议论纷纷:"怎么了?疯子最近咋了?""奇怪?""真是怪事?"人们便注意起女人来,发现女人的肚子变大了,"不会吧,疯子怀孕了?""呀?……"几个和女人住得近的女人便在女人门口叫住女人,问她怎么回事,但女人什么都不懂。那些女人们便用手摸摸自己的肚子,再比个大的手势。女人似乎有些懂了,原本呆呆的眼睛更呆起来,女人木木地站着,一动不动。那些女人们见什么也问不出来,又嫌女人身上那股味儿难闻,一扭一扭地走了。女人呆了半晌,眼里有像珠子般的泪水滚出来,女人摸着肚子,走向河边。

村里一些闲人,看热闹般地跟了过去,女人在河边走来走去,走来走去。走了几趟来回,女人开始脱衣服。这回村里人呆了,傻傻的,一动不动。女人脱光衣服后,往水里走去。女人的肚子圆圆滚滚的,像藏了个大西瓜在里面。村里人反应过来了,蹿下水,拖住女人,往回拉。女人开始时会挣扎,发疯,后来不动了,任由别人把她拉回岸上穿好衣服。女人一直喃喃的,反反复复地说着什么,有人听清了,女人一直在说:"水里多好呀,死在水里多干净呀。"

"咋这样呢,咋会这样呢,好好的一个疯子,咋会这样呢?"村里人很是不解。或许是为了满足大伙儿的好奇心,村里便有了这么个说法:说是有个不要脸的,祖宗缺了德的死男人,在一天把疯子骗到河边,帮疯子擦洗干净了便强奸了她,于是疯子就怀孕了。人们对这个说法深信不疑,甚至津津乐道。于是看见女人,便常常有人感叹:"真可怜呀,那个男人真不是好东西,连疯子也要。"说罢,对女人投去深深同情的目光。

后来,女人很少到河边去了,女人似乎意识到了什么。再后来,女人生了个男孩,村里人笑,又说:"疯子好有福气呀。"

女人是真正的女人了,是母亲了,女人得把孩子拉扯大,得养活她的孩子。但女人不是个正常人,她不懂怎样做,面对着一个只会哭的粉嘟嘟的小娃儿,女人一怔一怔的。

于是,女人的小屋子里老是传来孩子的啼哭声,由响响亮亮的哭声慢慢变成嘶哑的,连续不断,邻里都说:"那孩子肯定养不活,作孽哟。"

孩子终究在女人的拉扯下,奇迹般地成长。女人也变多了,女人干净多了,女人知道帮孩子洗脚洗脸,也知道要帮自己洗了。女人变得会笑了,眼里也有些神采了,不再是那般木木的没生气。

每天,女人会把父母遗留下来的小摊子收拾好摆在门口,再端把小凳子,抱着孩子,专注地抚摸着孩子,逗着他。孩子往往被逗笑了,女人也笑,很开心的样子,女人看起来很像个正常妇女了。

孩子大了点,会走路了,常常晃着小小的身子屁颠屁颠地到处走,女人寸步不离地跟着,温柔地护在孩子的身边。

一天,女人回屋拿柴出来劈,把孩子放在门口的小凳子上。出来时,孩子不见了,女人一惊,手中的柴散了一地。女人喊着孩子,疯似的找。终于,女人看见孩子了,孩子正趴在井台上,身子往下探。女人急了,大叫一声:"娃——"孩子一转身,"咂"地摔了进去,女人疯了,冲过去纵身跳进井里。

村里人闻讯赶来,救起了孩子,也捞起了女人,女人死了,湿淋淋地躺在井边,头发第一次不再蓬松,紧紧地贴在脸上。

村人呆呆的,良久,有人说:"疯子死了。"

"嗯。"

"她终究死在水里了,死在水里干净。"

永远的记忆

赏析／汝荣兴

这篇作品所塑造的,是一个非同寻常的母亲形象。那是一个不幸、可怜的女人。所以,作品所讲述的故事是一个悲剧。但这个悲剧却又悲得十分的美丽——因为我们从中看到的根本不是一个作为疯子的女人,而是一个作为母亲的女人,而且,这位作为母亲的女人,对自己的儿子有着与天底下所有的母亲同样,甚至是比天底下所有的母亲更慈爱的情怀。于是,读罢这篇作品,那女人教她儿子结绳花和为儿子"纵身跳进井里"的细节,便会成为我们永远的记忆。

一个很简单的故事，内在里却充满着情感的波澜、洋溢着真爱的温馨。

真　爱

●文/馨　雨

"妈，我们好几个同学都说您做的咸菜好吃呢，他们都说我带得太少，不够吃。瞧，这次把他们的饭盒都塞给我带回来了。"正在上大学一月才回来一次的妹妹一进屋就冲妈妈嚷着，同时稀里哗啦把好几个饭盒扔到了炕上。

妈赶紧说："行行行，咱农家啥都缺，就不缺咸菜呢。等走时妈给你多炒些，把他们的饭盒都装满就是了。唉，人家城里孩子，不嫌咱真是难得呢。"

我凑到妹妹跟前，故意逗她："好妹妹，告诉哥，是男同学还是女同学呀？"

"哼，哥，看我不抓你痒痒！"妹妹说着，笑着，大张着两手作势向我一扑。我赶紧溜出老远，大作投降状。妹妹这才作罢。

晚上，妈妈特意爬上房梁，把挂在房梁上小筐里的一小块咸腊肉拿出来，炖了一锅喷香的土豆。妹妹就彻底撒开女孩儿的矜持，吃得我和妈妈一个个目瞪口呆。

第二天妹妹临走时，妈妈竟不可思议地顺手从兜里拿出一沓钱，抽出几张让妹妹带上。而更让我连舌头都收不回嘴里的事发生了，妹妹也从兜里拿出一沓钞票，冲妈妈晃了晃："妈，我还有这么多钱呢！这次不用拿了。"妈非让拿，妹妹一定不拿，后来还是我做了个和事佬儿，妹妹少拿了点儿。

于是我提了一堆咸菜盒送妹妹上路。路上我禁不住好奇，就问：

"老妹儿，你从哪弄的恁多钱呀！"

"说了你可得为我保密！"

"我保密。"我举起了右手。

"不行，得拉钩！"

"拉钩就拉钩。"

拉完钩妹妹才说：

"那钱是我从同学那儿借来的，回去就要如数还给人家。我是不愿看到妈满屯挨家去为我借钱,才拿来让妈放心的,在学校省吃俭用点也就行了。"

"那这咸菜也有问题了。"我急着问。

"那些饭盒都是我自己的。"妹妹说着,脸上满是调皮、得意。

我没想到,原来我那任性的妹妹是真的长大了。只是心里仍免不了有许多酸楚。

当我带着这酸楚回到家时,妈正等在门口:

"大儿啊,你看会儿家,妈去还完钱就回来。"

"还钱?还什么钱?"

"你想想,你妈怎么会突然有这么多钱呢?我算计着你妹妹快回来了,就事先多借了些钱,让她看到家里不缺钱花好多拿点儿,免得在外面苦了孩子!"

我险些当场就流下泪来,强忍着等妈妈出了门去,才任由泪水淌了满脸……

简单的故事,深深的情怀

赏析／汝荣兴

一个很简单的故事,内在里却充满着情感的波澜、洋溢着真爱的温馨。毫无疑问,作品中的那位正在上大学的妹妹确实是"真的长大了"。那么妈妈呢?妈妈显然还是一如既往的妈妈,那位始终想着"免得在外面苦了孩子"的妈妈,那位总是令我们忍不住"任由泪水淌了满脸"的妈妈。就这样,在作品所创设的那种也许根本就算不上壮阔的情感的波澜里,我们却深深地、深深地感受着那种真爱的温馨。

母亲的苦涩既来自生活，更来自她那曾经对儿子说过的"谎言"。

苦涩的蜂乳

● 文/于国颖

她走进琳琅满目的商店，一直向补品柜走去，下意识地。她到这里走过好多趟了，什么也没有买过，今天是最后一次了。她呆呆地看着柜台里那装潢美丽的蜂乳精盒，很久很久……

她辛辛苦苦、蹒蹒跚跚，跨过了人生旅途的第四十三个春秋，还从来没有尝过蜂乳精是什么滋味。儿子说那是甜的，可儿子没有尝过，她也没有尝过。她忽然觉得那蜂乳一定是苦的，或即便是甜的也一定带有苦味。这一盒不知道是苦还是甜的蜂乳糕，竟折磨得她死去活来……

她丈夫是个小职员，搞勤杂的，月工资六十八元九角整。可她有三个儿子，都是十年无政府时生下的。平均每人十几元，那日子过得清汤寡水，无法再清淡了。大儿子初中刚毕业，她就战战兢兢地逼着他弃学就工。

"不！妈妈，我要读高中，一定要读，为什么不让我读？"

"你弟弟都小，你要帮爸爸挣钱啊。"她想说得理直气壮，可是话出得口来却是有气无力。

儿子流泪了，几天没有理她。

儿子背着她到建筑工地当小工，整天筋疲力尽泥人似的回到家，她便一阵剜心的内疚。儿子有了二十几元的工资，月月一文不少地交给她。那钱托在手里很沉重，压得她心往下坠。她不声不响地到菜店买回五毛钱的肉，吃饭时全夹给了儿子。儿子似乎并不感动，匆匆放下筷子，便把污垢蓬乱的头埋在灯下。儿子在自学高中课程。她坐在屋角暗处，默默地陪着儿子，儿子不睡下她也睡不着……

"妈妈，我想参加今年高考。"那个月底，儿子把工资交到她手上后，犹豫着说。

她没有说话，愣愣地盯着儿子清瘦的脸颊。

"求求你了妈妈。只让我考这一次，考不上我就死心了。"

她默许了,她不忍再伤儿子的心。

儿子居然考了全省第一名,进了名牌大学。邻居们蜂拥来祝贺,羡慕她有个争气的儿子。她不知该欢喜还是忧愁,因为儿子工龄不够,不能带工资上学。

依然清汤寡水。她横下心,咬牙再熬四年,等儿子毕业。

一年过去了,儿子又犹豫地站到她面前。

"妈妈,我想考出国留学生。"

"别考了,好吗? 早些毕业,回来养家,供弟弟……"她憋了好半天,终于说。

"妈妈,只让我考这一次,考不上我就死心了。"

她又默许了,那一天她觉得天老阴沉沉的。

儿子没日没夜地苦读。五毛钱的肉不能买了,眼看着儿子一天比一天瘦,她心如刀绞。

"妈妈,明天要口试了。同学说,吃点蜂乳精能防止晕场。"

"妈去给你买。"她一口答应。

她赶紧揣着扁扁的钱包去商店了。

她站在补品柜前,呆呆地看着那装潢美丽的蜂乳精盒。五元多一盒。五元多啊! 能买多少菜? 能买多少肉? 她痛苦地犹豫着,走进来,走出去,再走进来……那钱在手里攥得湿成了一团,最终没有拿出来……

"妈妈,买回来了吗? 怎么去这么久。"

"妈跑了好几个店,都没有卖的。"她第一次对儿子撒了谎。她慌忙转过身,躲进厨房,偷偷抹去突然涌出的泪水……

"妈妈,别难过。买不到就算了,不要紧。"儿子站在厨房门口,轻声安慰她。

儿子去参加口试了,她一天心里揪揪着。

儿子以优异的成绩考取了赴法留学生。看见她的熟人都像看着英雄母亲一样,对着她绽出花一样的笑容,她却怎么也笑不出来……

一架波音七四七把儿子送到了地球的那半边。打那以后,她便常常跑出家门望天空。

她曾经欺骗了儿子一次。这事实越来越沉重地折磨着她。一日日咀嚼着她的心……她生病了。到医院诊断,才知道是不治之症。丈夫急疯了,发誓倾家荡产,也要用最好的药救她。她反倒平静了,说治不好,就不用治了。

她走进琳琅满目的商店,一直向补品柜走去,下意识地。她呆呆地看着装潢美丽的蜂乳精盒,很久很久……

她终于掏出五元多钱,买了一盒。

回到家，她便倒下了，再也起不来了。她躺在儿子曾经睡过的那张窄窄的木板床上，两眼直瞪瞪地盯着灰黑的屋顶，把那盒蜂乳精紧紧抱在胸前："给儿子……寄……去，寄到……法国去。"

"怎么行？寄费要比买价多好几倍。"丈夫俯下身，凑在她脸前，劝阻道。

她突然转过脸，恶狠狠地盯着丈夫，像盯着一个陌生人。直盯得丈夫毛骨悚然，不得不对着她点了点头，她才合上眼。

从此再没有睁开……

"内疚"的母亲

赏析／汝荣兴

苦涩的显然并不是那蜂乳，而是我们的父母辈曾经经历过的那个年代——在今天的我们看来，那"五元多"一盒的蜂乳竟然会把妈妈"折磨得死去活来"，简直有些匪夷所思。但那是一个千真万确的事实。而与这样的事实同在的，便是身为母亲那颗苦涩的心。当然，母亲的苦涩既来自生活，更来自她那曾经对儿子说过的谎言。所以，母亲便在用她的生命去弥补自己的内疚。所以，在这篇满是苦涩的作品中，我们最终还是读到了一种浓浓的甜味——这种甜味来自母亲"合上眼"的那一刻。

我们当然得感谢作品中的那位小伙子,是他的好心和他那份"珍贵的礼物",使毕竟还不怎么懂事的瑶瑶得到了无比的欢欣和无比的安慰。

珍贵的礼物

●文/江 岸

是雪梅自己一句善意的谎言把自己逼到了走投无路的悬崖边上的。

从瑶瑶四五岁开始,就知道朝雪梅要爸爸了。别的宝宝都有爸爸,为什么瑶瑶没有爸爸?瑶瑶不止一次这样问。那时候的瑶瑶确实太小了,容易哄,雪梅随便编一个故事,就能转移瑶瑶的注意力。现在瑶瑶六岁了,在青龙街小学读一年级,不太容易哄了。雪梅就开始捏着嗓门粗声粗气给瑶瑶打电话,冒充瑶瑶的爸爸。好在宿舍楼下就有一个电话亭,每隔一周打一次电话也很方便。每次瑶瑶接了"爸爸"的电话,都是又激动又自豪。因为"爸爸"告诉瑶瑶,他正在美国留学,博士学位拿到了,就要回来看瑶瑶。瑶瑶每每在妈妈不在家的时候接到"爸爸"的电话,总替妈妈遗憾,就原原本本将"爸爸"的话转述给妈妈听。雪梅听了,不由自主地落泪。瑶瑶用白胖白胖的小手替妈妈擦泪,劝妈妈,"爸爸"说了,他在外面过得挺好的,让你放心。雪梅听了,眼泪流得更欢了,瑶瑶怎么擦也擦不完。

那天,雪梅又冒充男声往家里打电话,瑶瑶接了,连连喊了几声爸爸,然后瑶瑶撒娇地问"爸爸",再过几天瑶瑶就过生日了,"爸爸"你能回来吗?雪梅害怕瑶瑶伤心,一时激情难抑,一句"爸爸一定回来给你过生日"的话便脱口而出,放下话筒她就后悔了。瑶瑶当然当了真,欢呼雀跃地把这个大好消息告诉了妈妈,结果那天晚上,瑶瑶一直兴奋着,直到半夜才笑眉笑眼地睡着,梦里还笑得格格格的,一个劲儿地喊爸爸。

这样一来,雪梅就不知道下一步戏该怎么演了。

而瑶瑶早将这个消息告诉了她认识的每一个人。她还了解到,爸爸从美国回来,肯定要坐飞机回来,她要到机场去接爸爸。

瑶瑶生日那一天,碰巧是礼拜天。天还蒙蒙亮,瑶瑶就将雪梅摇醒了,要妈妈赶紧起来,带她去飞机场。雪梅只好起来了,愣了一会儿,揉了揉惺忪的睡眼,决意摸着石头过河,走一步算一步吧。

离小城最近的飞机场,是武汉天河机场。娘儿俩坐了将近三个小时的火车,到了武汉,打的去了机场。从上午十点钟开始在候机厅外守候,一直守到中午一点多,当然没有爸爸的影子。雪梅已是饥肠辘辘了,瑶瑶早饭都没好好吃,肯定饿得更够呛,可雪梅拽瑶瑶去吃饭,瑶瑶的小脸蛋紧紧贴在候机厅外的玻璃上,目不转睛地盯着出来的每一个男人,死活不愿挪动。雪梅要去买吃的,瑶瑶也不让她走。瑶瑶自有瑶瑶的理由。爸爸出来了,又不认识我,找不到我们怎么办?雪梅只好陪瑶瑶一起饿着。可是,总这样等着也不是个事儿啊。

候机厅里走出一位推着行李的衣冠楚楚的小伙子。

雪梅迎上前去,大声问道,你是从美国回来的吧?小伙子愣了一下,继续朝前走。

雪梅挡住了小伙子的去路,朝他使了个眼色,又悄悄指了指瑶瑶,大声说,瑶瑶的爸爸在美国留学,本来准备今天回来给瑶瑶过生日的,为什么还没到呢?

小伙子有点困惑地看着雪梅。

雪梅小声央求小伙子,孩子太想爸爸了,配合一下,好吗?

小伙子终于明白过来了。

雪梅大声说,瑶瑶的爸爸是不是功课太忙,老师不让他回来?

小伙子走到瑶瑶面前,蹲下身来,抱抱瑶瑶,微笑着说,小妹妹,你就是瑶瑶吧?常听你爸爸提起你。长得真漂亮。本来呢,你爸爸准备和我一起回来的,可是他功课太多啦,暂时回不来了。你爸爸还让我代他问你生日好呢。

小伙子和雪梅娘儿俩互道了再见,推着车走了。走到门口的时候,忽然又推车回来了。他走到瑶瑶面前,从行李中掏出一盒东西,递给瑶瑶,歉意地笑笑说,我差点忘了,你爸爸捎给你的生日礼物。

包装多么精美的巧克力呀,是爸爸捎回的礼物。瑶瑶高兴地接过来,将礼物紧紧搂在怀里。

雪梅的眼泪刷一下决了堤的洪流一样奔涌出来,她朝小伙子深深鞠了个躬,哽咽地说一声,谢谢。

小伙子挥挥手,出去了。

返程中,瑶瑶一直紧紧搂抱着那盒来自"大洋彼岸"的巧克力。雪梅郁郁地想,瑶瑶啊瑶瑶,等你长大了,妈妈再告诉你,爸爸永远不会送你礼物了,他早已在美国一起车祸中丧生,变成一缕飘荡在异国他乡上空的凄凉的孤魂了。

母爱如山

赏析／汝荣兴

　　我们当然得感谢作品中的那位小伙子,是他的好心和他那份"珍贵的礼物",使毕竟还不怎么懂事的瑶瑶得到了无比的欢欣和无比的安慰。而这篇由"一句善意的谎言"构成的作品,在生动地表现了那位小伙子的善良的同时,实际上更深沉地表现了身为母亲的雪梅的善良——为了不让幼小的女儿的心灵受到伤害,雪梅一方面独自默默忍受着那种最深切不过的失夫之痛,一方面时时处处总在为女儿考虑、替女儿着想。所以我们也必须深深地感谢雪梅,感谢这位将一切都扛在自己肩头的母亲。

伤　疤

● 文/叶思根

在美国已经拿到了"绿卡"，据说已经成了百万富翁的 A，忽然接到母亲托人发来的一封加急电报，那电报上写着："母病危，望能最后摸儿一下。"

看完电报，A 的心"悠"的一下提起来，那小小的电报纸片在他手里像大山般沉重。他久久凝视着那电文，特别是那个让人困惑不解的"摸"字，干吗用"摸"字而不用"看"字？难道母亲不但病危，而且双目失明了吗？天哪！A 伤心得几乎昏倒过去，巨大的悲痛像海潮似的涌上心头。他知道母亲以前得过眼病，也知道母亲在父亲去世后为了把他抚养成人累得百病缠身。可万万没想到，从二十二岁一直守寡到年过花甲的母亲，在即将离开人世的时候，只希望能"最后摸一下"儿子来取得慰藉。"可怜的母亲！"A 在心里喊着。归心似箭，他买了美国最高级的补药补品风尘仆仆地回到了母亲的床前。

"妈妈！儿子回来了！"他向病卧在床的母亲扑了过去，在床前跪了下来，忧心如焚地问道："妈妈！你真的看不见儿子了吗？妈妈！你看一看儿子呀！"他声泪俱下，把头往母亲的眼前靠。

"啊！儿子！我的儿子……"母亲哆嗦着伸出一只手，脸上露出宽慰的笑容，颇为吃力地说道，"妈妈多想看看你的模样啊！可惜，妈的眼睛不中用了。来，让妈妈好好地摸一摸你。"母亲那枯柴般的手在空中哆嗦着要寻找儿子的身体。

"妈妈！儿子在这，你摸吧！摸吧！"A 抓住母亲的手贴在自己的脸上，眼里涌出了泪珠。

"我的儿子！我的儿子……"母亲喃喃地说着，用五个粗糙的手指在 A 的脸上轻轻地、慢慢地抚摸着、抚摸着，从脸颊摸到头上，又从头上摸到眼睛、鼻子、下巴。那神情，像是在用触觉细细地品赏一件价值连城的工艺品。摸着摸着，那枯柴般的手指忽然停在 A 额头的伤疤上不动了，母亲的眼里涌出了浑浊的泪水。

"妈妈！你怎么啦？"A 大感不解。

"孩子，妈妈对不起你呀！小时候没有带好你，让你跌伤了额头，留下了伤疤，破了相。这是妈妈这一辈子最大的过错啊。"母亲说罢涕泪涟涟。

"妈妈！你别这么说，别这么说！"母亲的引咎自责使 A 感动得泪涌如泉。这能怪母亲吗？他三岁那年，失去了丈夫的母亲身体有病，还背着他上山砍柴。当母亲背着他挑着沉重的一担柴走过山中那在两条大缆绳上面铺上木板而成的摇摇晃晃的木板桥时，一块朽烂的木板突然断裂，母子俩连人带柴摔下桥底，他因此便在额上留下了令人心酸的疤痕，可这不过是一个小小的疤痕罢了，对他算得了什么呢？他安慰母亲："妈妈！您别为这难过，我现在不是好好的吗？一个伤疤，小小的伤疤，对我不要紧的，一点儿也不要紧。"

"可是……可是，到阴间我怎么向你父亲交代哟。他把你交给我的时候，你完完整整的，一个疤也没有。可是后来……儿子，我对不起你和你父亲啊……"母亲过于悲痛，昏过去了。那枯柴般的手指停在儿子额头的伤疤上，脸上永久地凝固着一种似乎永远也不原谅自己的痛苦。

"妈妈！妈妈！"A 悲痛得肝胆欲碎。他安葬好母亲，走到那曾经带给他伤疤的木板桥头，见那木板桥依旧在山里人的脚步下摇摇晃晃，他惊呆了，伫立在桥头沉思了好久好久。亲友们帮他打点好返回美国的行装，他却摇了摇头，天天往那木板桥上跑。

几天后，木板桥头突然出现一个工棚，工棚门口上赫然挂着一块"飞龙山大桥工程筹备处"的牌子。A 带领一帮建桥工人在忙碌着，初升的太阳照在他的身上，他额上的那块伤疤在阳光下闪闪发光。

母爱的回报

赏析／汝荣兴

儿子额头的一个小小的伤疤，竟然会让母亲惦记到自己生命的最后时刻，这是多么具体又多么典型的一种母爱啊！这篇作品通过"伤疤"这一既具象化又包含着丰富的象征性的细节，十分自然真切地体现了一位母亲的心灵的纯净与细腻，及其对母爱的圆满与完美的孜孜以求。而身为儿子的 A 最终在自己当年跌破了额头的木板桥头挂起了一块"飞龙山大桥工程筹备处"的牌子，并亲自"带领一帮建桥工人在忙碌着"，这无疑便是他对母亲的最好的报答。

母爱如茶
化在掌心的糖

爱如涓涓细流,浸润着我的心田,洗涤着我的心灵,让我在人生路上挫而不折,仰之弥高,钻之弥坚。

只想给你第二次生命

🖐 文/尤天晨

　　在她四十二岁时,十八岁的儿子病了,是血液方面的毛病,治疗很棘手。医生说,只有一种方法可以挽救她儿子的性命,就是采用同胞新生儿脐血注入疗法。也就是说,她必须再生一个孩子。"可是,就你的年龄和体质而言,能否顺利怀孕,能否平安生产,谁也没有把握。你们要考虑清楚再作决定。"

　　"算了,"丈夫说,"我不能让你冒这个险。"

　　她不同意。肉上生疮肉上痛啊。如果儿子的生命都不能保证,当妈的活着,又有什么意义?!

　　"我一定能生个孩子的,相信我。"她的内心并不自信,但她相信,冥冥之中那个掌管子嗣的神灵,会对一个母亲的不幸网开一面。

　　丈夫没能说服她。

　　他们开始为怀孕而做各方面的努力和准备。一边为申请二胎指标到处奔波,一边还要照顾生病的儿子。儿子的病情在缓缓地加重,使他们的计划与任务越发显得人命关天。焦虑、疲劳和压抑,终于导致她内分泌失调。两个月过去了,她还是没有怀孕的迹象。为此,她求医问药,求神拜佛……差点儿没急疯。一天,当她终于从自备的测早孕试纸上发现异常时,她哭了,儿子有救了!

　　她以后就盼星星,盼月亮,巴不得腹中的孩子早一点儿出生。她每天都注意自己身体的细微变化。到底是年龄不同了,随着怀孕月份的增加,她越来越感到精力不足,头发开始脱落,牙齿日益松动,走路时腿里像塞了棉花……身体里的钙质一点点流向那个鲜活的小生命。但是,身体越不适,她越开心,因为,那证明胎儿在渐渐长大,证明救活儿子指日可待。

　　然而,在她怀孕七个月时,儿子的病情进一步恶化了。听到这个消息,本就虚弱的她晕倒了。醒来时,她已躺在产房里,阵阵腹痛告诉她,她正面临早产,而且伴随其他复杂情况。她听见医生在门外说,大人和孩子,只能保一个,你要谁? 然后便是丈夫痛苦的反问,怎么会这样? 怎么会这样?! 两个我都要……可稍有理智的人都知道,这根本不可能。

"不,我只要孩子!"她忍着剧痛,对着门外声嘶力竭地喊道。医生和丈夫闻声立即来到她面前。丈夫心疼地看着苍白憔悴的妻子,豆大的泪珠滚了下来:"不能啊! 这样做我对不起你。"

"可是,不这样做更对不起我们的孩子——是两个孩子!"妻子说。

最后,医生采纳了她的意见——保全孩子。医生对那位丈夫说,成全她,因为,我也是母亲,我理解一个母亲的心情。

手术室里,一种神圣的肃穆涌动着,随着一声响亮的啼哭,产妇终于带着疲惫而满足的微笑合上了眼睛。她苍白的脸映着满床血的汪洋,映着窗外五月那火红的石榴花,凄美动人。医生对着她的遗体深深地鞠了一躬。

又是一个石榴花开的五月天,一个中年男人抱着粉嘟嘟的女儿,领着血气方刚的儿子,去墓地看望孩子们的母亲。"知道吗,你们的妈妈,曾给你们两次生命。"男人看着女儿清澈无邪的眼睛,又把目光移向儿子的脸。

两个孩子像两枝美丽的康乃馨,正借助母亲的生命成长、怒放。男人觉得,这是自己献给妻子的最好的节日礼物,因为这一天,是母亲节。

灵魂因母爱升华

赏析／汝荣兴

首先让我们一起也对作品中的那位伟大而又神圣的母亲深深地鞠上一躬! 事实上,无论什么样的词汇,都难以形容作品中的这位母亲的那种美丽;哪怕我们的身份与年龄千差万别,也都难以改变我们对作品中的这位母亲的那种同样的感动与敬仰! 真的,从这位只想给自己的孩子第二次生命的母亲身上,我们看到了那种最最绚丽的母性的光辉;在读这篇作品的过程中,我们都会有那种自己也获得了第二次生命的感觉——我们的灵魂因作品中的这位母亲而得到了一次深深的、深深的净化与升华。

这是一篇以儿女的"内疚"去反衬母亲的勤劳和仁慈的作品。

母亲的手艺

●文／侯发山

　　那年她十四岁。要过年了，村里的伙伴们大都穿上了新衣服，一个个兴高采烈地跟找到食儿的麻雀似的。她因为没有新衣服，就猫在家里不愿出去。她从未穿过新衣服，平时都是穿姐姐的旧衣服，不合体不说，衣服上是补丁摞补丁……她觉得特没面子，也因此很自卑，好在她学习成绩一直很优秀。听着外面不时炸响的炮仗，以及伙伴们的欢声笑语，她就斗胆对母亲说，娘，我要新衣裳。母亲就沉下脸，瘦削额头上的皱纹簇成了结，满是厚茧的手轻轻摩挲着她的头，长叹了一声。她竟有些后悔，家里穷，平时的零用钱都是母亲一个鸡蛋一个鸡蛋攒下的，母亲常年有病，没断吃药……母亲沉默了许久，才一字一顿地说，好，娘给妮儿缝条裤子。这时，她苦巴巴的脸上才绽出灿烂的笑。母亲拍了拍她的肩膀，哑着声音说，妮儿，你要好好学习。她使劲点点头说，放心吧娘，我会的。

　　第二天，母亲就把攒下的一罐鸡蛋带到集上换回了一块布。母亲给她量了尺寸后，当天晚上就到隔壁二婶家去做裤子，二婶家有缝纫机。

　　大年三十早上，她还在被窝里赖着，母亲掂着一条裤子站在床前，笑吟吟地催她起来。那是一条用帆布(以前厂矿里的工作服布料，俗称劳动布)做的裤子。这种布料耐磨，而且在农村比较少见，当时谁穿这种布料的衣服跟前几年拥有一部手机一样趾高气扬。因此，她兴奋得嘿嘿直笑，忙从被窝里钻出来去穿棉裤棉袄，最后在娘的帮助下套上了那条裤子。

　　嘿，两条裤腿上绣着四五朵向日葵的图案，图案的布料是用退了色的布做成的，显然是从旧衣服上裁下的，但图案很好看，图案的边沿给剪得一缕一缕的，像是向日葵盘的叶子，十分逼真。她就一派喜气在脸、滋润在心的感觉，觉得娘真行——娘不但会缝补丁，还会绣花。母亲原以为她不满意，见她如此高兴，也就松了一口气。

她匆匆扒了两口饭，就像只出笼的小鸟似的飞了出去。她要出去跟伙伴们玩，同时还要炫耀一下她的“时髦”裤子。

果然，伙伴们看到她的新裤子，眼睛为之一亮。她们想不到，一向打扮得跟叫花子似的她，也有光彩照人的时候。特别是看到裤子上绣的花，都羡慕得不得了，纷纷围过去观看，甚至用手去摸裤子上的“向日葵”。没想到，一个伙伴用力过猛，把一朵“向日葵”图案边沿的“叶子”给拽掉了，露出了里面脏乎乎的棉裤——原来，那一朵朵“向日葵”是变了花样的补丁！她耳根儿一阵发热，脸腾地红了。大家轰地笑了，都看着她，眼神里满是讥讽。被人家窥见了隐私的那种害羞又惶恐的心情害得她直想哭，她努力不让满积在眼眶里的泪珠往下掉，转身便跑回了家。

母亲正在做年糕，见气冲冲回到家的她满脸不悦，说怎么屁大的工夫就回来了。她狠狠瞪了母亲一眼，麻利地脱下新裤子，揉成一团甩到母亲面前，噘着嘴说，啥狗屁裤子！

母亲气得整个身子颤抖个不停，伸出抖抖索索的手，想打她，高高扬起的巴掌却在空中停住了，最后落在自己脸上，旋即便有晶莹的东西在她的眸子里闪动。她不知所措地低下头，准备迎接母亲的责骂。

“扯的布不够尺寸，只有那样了……我这当娘的无能啊。”母亲的声音涩住了。她的眼泪涌了出来，紧接着，就像断了线的珍珠簌簌地滚下脸颊，终于放声地哭起来。

自此以后，本来话就不多的母亲变得更加寡言少语了，一天到晚忙个不停，做饭、洗衣、缝补、养鸡……没过多久，母亲就病倒了，再也没有站起来……母亲去世后，她才从姐姐那里得知，为了给她做那条裤子，一直吃着药的母亲停了药！她愈发内疚，扑在母亲的坟头追悔莫及，号啕不已。

所谓的人穷志不短，马瘦有雄心。她发愤读书，考上了大学，留在了城里，生活有滋有味，日子过得五光十色。

有一次，她特意参加了一个服装博览会。她准备买一套高档衣服，荣归故里衣锦还乡。一来让那些昔日嘲笑她的姐妹们看看，二来想回去给母亲扫扫墓。博览会上的服装琳琅满目，令人眼花缭乱应接不暇。据说这些时装都是世界一流的服装设计大师设计的作品。忽然，她看到一位靓丽的模特儿穿了一套牛仔服，那裤子的式样跟当年母亲给她做的一模一样！

她木木地呆了许久，眼里的泪悄悄爬满了脸庞。在场的人都诧异不解，她便哽咽着讲了当年的故事，一时间，大家都沉默了。最后，一位满头银发的服装设计大师感慨地说：“世界上所有的母亲都是艺术家。”

发人深省的爱

赏析／汝荣兴

　　母亲用自己停了药省下的钱为她做成的一条裤子,却最终被她叫作"哈狗屁裤子",这在母亲该是怎样伤心的一件事啊! 而多少年以后模特儿穿的裤子竟"跟当年母亲给她做的一模一样",这难道仅仅说明了母亲是个"艺术家"么? 这是一篇充满着儿女对母亲的深深"内疚"的作品。这是一篇以儿女的"内疚"去反衬母亲的勤劳和仁慈的作品。只是,为什么我们往往要到"追悔莫及"的时候才会明白一切呢? 所以,这又是一篇发人深省的作品。

这篇作品紧扣住"天下母亲"的题旨,在有限的篇幅里详略有致地成功塑造了两位母亲的形象。

天下母亲

● 文／辛立华

那几天是我有生以来最疲惫的日子。

为了给母亲治病,那几天我顶着近四十度的高温开着出租车奔波于城市的各个角落。母亲需要做的手术很大,医院张口就要十万元的押金。十万,对于我这个刚刚靠借钱买车的下岗人员来说,无疑是个天文数字。但我下了决心,把自己卖了,也要给母亲治病。再次登亲朋好友的门,总算凑了九万块。医院开恩,收了九万块后让母亲住了进去。医院说我母亲得在医院观察三周,趁这段时间让我再想办法弄那一万块钱。于是我又搜肠刮肚地找能借出钱的亲戚、熟人,费了九牛二虎之力才借到八千块钱,还差两千块。怎么办?我把牙一咬,玩命拉活儿。一天一百块,三周也就拉出来了。

都说福不双降,祸不单行。这话偏偏就应在我身上了。那天午后一点多钟,刚刚又拉了一趟活儿的我正喜滋滋地抄近道赶着回家吃饭,不知是我脑子走私了还是该着我倒霉,迷迷瞪瞪的就把车开上了人行道。当我猛地发现车前正走着一位老太太时,我才意识到自己要闯祸了。不好,脚便条件反射地狠狠压在了刹车上。"吱"了一声,"呼"的一响,车停了,老太太也倒在了地上。我清楚地看见,老太太在倒地前的一瞬间,回过头来狠狠地看了我一眼。

当我跳下车抱起老太太时,老太太已昏迷了过去。喊了几声不见老太太有反应,我的心一下子就凉了。完了,我妈的手术还没动呢,我倒先把别的老太太给撞了。老太太真要是被我撞死了,我妈得陪着一块儿去。怎么办?我发现此时四周一个人影儿也没有,一个想法便闪在我脑海中。跑。对,来个人不知鬼不觉。脑子这么想,可迈不开腿,一个声音也在耳边响:你还算人吗?眼前要是你的母亲你也这样么?天下的母亲都是我们的母亲啊……我不由得打了几个冷战,汗更多了,容不得再想什么,我立即将老太太抱上了车向附近医院开了去。

在医生的抢救下,老太太很快苏醒了过来。还算走运,老太太只是折断了一条腿,别的地方什么事也没有。老太太望着我,一直是满脸的微笑但却一言不发。可我却感到这笑中藏着什么。

一个大汉走了进来。大汉看了我两眼后走近老太太,说:"妈,您还记得撞您那人什么模样吗?你仔细想想,一会儿警察来了您就跟他们说,那几个警察都是我的朋友。"

听大汉说完这话,我的心猛地一阵跳,便觉得还是自己先说出真相为好,要是让老太太指出是我撞的,警察饶不了我不说,大汉也得把我揍扁了。于是我赶紧对大汉说:"大哥,我……"

老太太急忙拦住了我的话,指着我对她儿子说:"对,就是这位司机救的我。不然,我的命早交代了。"

我正怀疑是不是我的耳朵出了毛病时,那大汉一把就握住了我的手,感动了半天才说:"兄弟,我、我什么也不说了。你的救母之恩,我一定会报的。"

"我,哎,你听我说,我……"我的话没说完,又被大汉给拦了回去,说:"什么也别说了。兄弟,把你的姓名和地址写给我,过后我一定登门重谢。"大汉说着开始在包里找笔,这时我脑海里又闪出了一个念头,还留什么姓名地址啊,老太太既然没记住我,溜吧。一会警察来了,想溜都溜不成了。想到这儿我边往外走边对大汉说:"好好照顾大妈,我走了。"说完我逃也似的冲出了医院。

在回家的路上,开始我还觉得这事儿挺走运,老太太不但没认出是我撞的,还把我当成了救命恩人。可到了晚上,心里就踏实不下来了,就想起了母亲常对我说的话:什么时候都要心里干净。心里有鬼的人,迟早会出事的。对呀,母亲说得对呀。于是我下了决心,第二天一定要到医院向老太太的儿子说清楚。

第二天,我拿了一堆补品和五千块钱,早早就来到了医院。可巧,就老太太一人在。老太太见是我,挺生气地说:"你怎么又来了?"

"大妈,您、您知道我是谁吗?"我说。

老太太说:"知道。孩子,大妈不糊涂,眼睛也好使。看得出,你的心不坏。"

"那、那您为什么不说出真相呢?"我不解地问。

"孩子,你能及时把我送到医院,就足以证明你是个好孩子,我就知足了。我哪能因为你的一次失误,而误了你的前程呢。说不定,好多要紧的事正等着你去做呢。天下做父母的,都是这个样子……"

我的泪水早已止不住地流了下来,我忘情地叫了一声"妈",便把头扎在了老太太的怀中,失声痛哭起来。

可亲可敬的母爱

赏析／汝荣兴

　　一位是"我"的母亲，一位是被"我"开的车撞伤了的别人的母亲，一位母亲安排在暗线中，一位母亲出现于明线里，两位母亲分别又同时用她们的言语和行动，用她们的正直和善良，深深地教育了"我"，甚至可以说是挽救了"我"，使"我"到底懂得了究竟该怎样做人——这篇作品紧扣住"天下母亲"的题旨，在有限的篇幅里详略有致地成功塑造了两位母亲的形象，从而十分巧妙又十分自然地突出了"天下母亲"那可亲又可敬的相同与相通之处。

面对生与死的考验,母亲的毅然决然选择死亡,是一种多么博大又多么庄严、多么神圣的爱的表达方式啊!

母 子 浪

●文/[俄]布洛宁 译/许 金

月挂柳梢头,雄鸡破晓时,萨哈森林小桥流水处的一户人家喜气洋洋,儿子哼着小曲吧嗒吧嗒地拉风箱,母亲淌着大汗滋啦滋啦地烙糖饼。这可不是个寻常的日子,娘儿俩要过鞑靼海峡去哈巴罗夫斯克,去采购儿子结婚用的钻戒、礼服和伏特加。一位寡妇,含辛茹苦二十八年,把儿子培养成铁塔似的一条大汉、响当当的越洋跨海的巨轮上的大副。如今,儿子要娶媳妇,这喜事儿可不能有半点马虎。不是图怎样的豪华光鲜,但真品实料却是要认真对待的,要是喜宴上摆上假酒,落下坏名声不说,弄得不好,要出人命的。因此,娘儿俩宁可舍近求远去哈巴罗夫斯克的"诚信"店,花钱花气力花时间买放心买信誉,值!何况,他们还要给鲍勃送去最可口的糖饼。

母亲挎着提包在前,儿子背着行囊在后,他们说说笑笑过板桥走小道坐马车乘汽车,终于登上了明克号海轮。

尊明克号为轮,实在是大大抬举了它。它充其量也就是一条大型的木船而已。好在鞑靼海峡不宽,使它能够多次化险为夷死里逃生,也算是一次又一次地创造了人间奇迹。儿子看了看明克号斑斑驳驳七歪八斜的外表,不禁摇了摇头,看来他的立即停止明克号航行的建议再一次被束之高阁。

三声低沉嘶哑的汽笛宣告明克号起航了。显然,它是油有余而力不足,船头左摇右晃地犁开了大海的胸膛,一条海豚一闪身超过了它。海豚在船的正前方高高地跃起、落下,又高高地跃起。

母子俩一眼认出:这条海豚就是他们八年前在海滩上救助的鲍勃。它来赴朋友的例行约会。母亲和儿子不约而同地发出呼叫,母亲敏捷地拿出糖饼,儿子一个又一个地向鲍勃抛去。鲍勃像杂技团里的最熟练的演员似的,一次次高高跃起,准确无误地把糖饼纳入口中,引来满船乘客的高声喝彩。

招呼打了,糖饼吃了,鲍勃该离开了。可是,今天它一反常态,老在船头游来荡去,有时还横着,像要阻止明克号的航行。

母亲和儿子异口同声发出嘟叭嘟叭的命令,要它离去。然而,鲍勃对救命恩人的指令充耳不闻无动于衷。儿子气不打一处来,他操起一根长竹竿,高高举起,狠狠地向鲍勃打去。

鲍勃迎着竹竿跃起。突然,竹竿像被无形的手托住似的,轻飘飘地滑过鲍勃的左腮,引起满船乘客的哄堂大笑。

船自有它非走不可的航程,鲍勃的阻挡无济于事,它万般无奈又不肯善罢甘休,它在船尾的白色泡沫中沉沉浮浮紧紧相随。

鞑靼海峡的天气像变色龙——说变就变,刚刚还是日丽风和、海平如镜,只是近一小时的时间,狂风从天而降,它怒吼着掀起层层巨浪,汹涌澎湃排山倒海。

明克号晃动着、颠簸着。

儿子和母亲紧紧地抱在一起。

一阵狂风,一排巨浪,一声巨响,明克号粉身碎骨化为万千碎片,沉的沉、浮的浮。

母亲和儿子掉进了海里。

儿子是游泳的行家里手,是铁人三项赛的冠军。凭他的本领,即使风再大浪再高,横渡鞑靼海峡也不在话下。对于这个,当儿子的心里清楚,当母亲的更是心知肚明。此时此刻此地此境,关键的关键,是要母子双双保平安。

儿子左手抱着母亲,右手一阵猛划,双腿用力一蹬,一个鲤鱼打挺浮出水面。他喷了一口气,甩了一下头,睁开眼睛,只见鲍勃近在咫尺,它嘴里叼着一块木板,用力一送,不偏不倚撞入怀中。

现在,母亲抱着木板的右端,儿子推着木板的左端,时而冲上浪尖时而坠入波谷。

儿子要辨别方向、判明水流,好以最少的气力求得最远的游程。

母亲是属于每临大事有静气的人。现在,她完全清楚:母子双双逃生,必定双双死亡!儿子一个逃生,必定成功!想到这里,她趁儿子转过脸的当儿毅然决然地松开木板,任自己沉向海底。她恨自己沉得太慢。她想:自己沉得越快越深离儿子越远越好,自己离死亡近一步,儿子的安全就增一分。

儿子一回头,不见了母亲。真正的知母莫若子,他最最担心的事情发生了。面对母亲的良苦用心,他心里暗暗叫苦:妈妈,您怎么可以这样做?他丢开木板,一个猛子扎下去。

乌云蔽日,风急浪高,母亲在往下沉,她心想:娘去也,儿平安!

儿子在往下潜,他心想:找不到妈妈决不上海岸!

儿子第三次扎了下去,他睁大眼睛四处搜寻。终于,他看见鲍勃拱着妈妈向自己靠拢再靠拢。

儿子和母亲浮出海面的时候,他们碰上了千载难逢的母子浪。

原来,不同的风向、不同的地形、不同的海流所形成的波浪千差万别:有并肩而行的兄弟浪,有若即若离的情人浪,有相背而去的仇人浪。母子浪,又称活命浪,小浪在前,大浪在后,大浪拥小浪,后浪推前浪,滚滚向前直抵彼岸。即使是投海自尽者,要是碰上母子浪,也是要死无门,母子浪会一次又一次把他送上岸的。

此刻,儿子扶着母亲坐在鲍勃的背上,鲍勃顺风顺水,乘着母子浪直抵安全的彼岸。

母爱的选择

赏析／汝荣兴

读罢这篇作品,我们不禁感到非常的欣慰,因为作品中那掉进了海里的母子俩遇到了"千载难逢的母子浪",因为我们实在不允许更不忍心看着那位为了儿子的平安,而"毅然决然地"让自己沉向海底的母亲真的沉向海底。面对无情的灾难,面对生与死的考验,母亲的"毅然决然"选择死亡,是一种多么博大又多么庄严、多么神圣的爱的表达方式啊!因此,就连海豚鲍勃都不愿看着母亲真的沉向海底。因此,一阵阵汹涌又温情的"母子浪",便这样慰藉着我们那曾经是如此紧张又如此不安的阅读情绪。

　　这篇作品以一个充分生活化又有着如晴天霹雳一般陡然转折的情节的故事,写出了母爱那百分之一百的纯度。

母爱不打折

● 文/云紫雪

　　只一眼,她就看中了那双鞋。

　　那双鞋虽然不是很高档,但做工细致,样式也好,整体给人感觉不错,正是母亲最喜欢的类型。

　　小时候,明朗的星空下,她看着妈妈嫩白小巧的脚说,妈妈的脚真好看。

　　妈妈笑笑说,妈妈这一生最骄傲的就是有你这个乖女儿,再就是有这双好看的脚。

　　妈妈,等我挣钱了,一定先给你买双漂亮的皮鞋。她稚气的声音认真地说。

　　今天,刚从老师手中接过奖学金,她就迫不及待地跑到鞋城。学鞋业设计的,当然对这个地方再熟悉不过,但平日都是为了学业,只是参观,而今天是为给妈妈买鞋,为表达她对妈妈的爱,感觉自然不同。她仔细谨慎地挑选着,不厌其烦地否定了一双又一双鞋,直到看到那双鞋。

　　她看看标价:一百八十元。从专业的角度看,定价并不算高,确是物有所值。她捏了捏口袋里的二百元钱,心中有些不舍,这款鞋刚刚上市,按照行情,不久就会打折,那时买可以省下更多的钱。可是,自己说过一有钱就给妈妈买鞋,为了打折而推迟,似乎有损自己的心意。犹豫再三,她终于下定决心:再等一段时间。毕竟自己还没有太多的钱,母亲会谅解我的。她这样想着,心安理得地离开了。

　　再去鞋城参观,她总是最先留意那双鞋。朋友知道她的心意后,感动地说,你真懂事,你妈妈真幸福! 她心中一阵甜蜜,自豪涌上心头。她想,我是妈妈的宝贝,我爱妈妈,我比同龄人更懂得母爱。想到此,她快乐地笑了,觉得自己挺伟大,禁不住又多看了几眼那双鞋,那双鞋好像更美更亮了。

　　果然,没到一个月,那双鞋就打出了八折的标签。同学刚带回消息,她便一口气冲到了鞋城,拿起那双看了无数次的鞋,递上早已准备好的钱。回校的路上,她提着鞋,想着妈妈的笑脸,抑制不住心中的喜悦,恨不能立刻飞到妈妈面前。每走一步,她都觉得离妈妈更近了,她甚至仿佛看到妈妈惊喜得含泪看着她说,乖女儿,你长大了! 她快乐地对自己说,明天就是周末,我一定赶上头班车回家,好让妈妈早点高兴。

我回来了! 未到寝室她就兴冲冲地喊。推开门,迎接她的是室友凝重的脸,未等她问,就说,小雪,你妈妈出车祸了,在××医院。如晴天霹雳惊掉了她手中的鞋子,她发疯似的跑出去。

赶到医院,只看到爸爸悲痛的脸,妈妈已被送入太平间……

她直直望着面前的两双鞋,样式一模一样,不同的只是颜色,一双红得像心,一双黑得像夜。黑的当然是她要送给妈妈的礼物,红的是妈妈遗留给她的最后的爱。

"你妈早早赶上头班车就是为了给你送鞋子。这双鞋是昨天刚进入县城的新款,你妈一见就爱不释手,说你一定喜欢,一百八,你妈毫不犹豫就付了钱。不想竟会碰巧遇上车祸,你妈临死前还一直紧紧抱着这双鞋……"阿姨的话犹在耳边。

她悔恨地责怪自己,如果自己不是等着打折;如果自己可以像妈妈一样干脆;如果……

结局已经注定,再多如果也枉然!

母爱不打折! 她明白时已经迟了……

纯净的母爱

赏析／汝荣兴

为买一双皮鞋,她的"犹疑再三"与妈妈的"毫不犹疑",显然是一种鲜明又强烈的对比。当然,就连我们也都很有理由为她的"犹疑再三"作出解释。然而,比照妈妈的"毫不犹疑",在那"不打折"的母爱面前,我们又都不禁要一齐"责怪"她,责怪她实在不该因自己的不干脆而让妈妈付出生命的代价……这篇作品以一个充分生活化又有着如晴天霹雳一般陡然转折的情节的故事,写出了母爱那百分之一百的纯度。

读罢这个在情节意义上已属一览无遗的故事,因为母亲的那种"只求平平淡淡过日子"的"知足",有一种感动还是如生日气氛一般浓烈地撞击着我们的心扉。

母亲生日那天"出走"

● 文/佚 名

母亲生性恬静,做事向来不喜张扬,和爱热闹的老爸正好形成鲜明对比,最明显的例子就是:每年老爸生日都喜欢大张旗鼓,而母亲总是坚决反对为她庆祝。这不,我和老爸正就如何迎接母亲的五十大寿谈得热火朝天,冷不丁被母亲浇了盆冷水:"别为我搞什么寿宴,我什么都不要。"我和老爸呵呵地应着,不过讨论的方式随即从地上转为地下。在一众亲朋的配合下,寿宴和寿礼都已经筹备妥当,就等着让母亲惊喜的那一刻了。

母亲生日前夕,我频频穿梭于各大专卖店,炫彩般试穿着各式的服装,竭力将自己的镜像幻化成母亲的形象。听着售货小姐略带推销性质的称赞,我不断强调自己只不过是母亲的代衣模特……终于,我相中了一款新潮、高贵且很能彰显母亲气质的米色套装。虽然价格方面定会使朴实的妈妈感到难以接受,但孝心是不能论价钱的。

回家的车上,我正得意着,手机响了,电话那端传来老爸激动的声音:"你妈离家出走了!"我一愣,立马认定是老爸因某事惹恼了母亲。正待将全部责任归咎于父亲,忽又听到老爸的苦笑:"你回来看看就知道了。"

我心急火燎地回家,老爸笑嘻嘻地递给我一张纸条,"瞧,这是你妈的留言告白,真是什么都瞒不过她的一双慧眼,都五十岁的人了,还像个小孩子一样,搞离家出走。"我顾不上脱鞋,忙接过来一看:

夫君、绘儿:

你们好。今天我和工友去南海玩(不要打电话找我,找不到的),明天晚上零点前回来,不要担心。

我之所以这样做,主要怕破费麻烦人家。俗话说,五十知天命,上有老,下有小,我只求平平淡淡过日子。我这样选择的确轻松。你们不要勉强我做什么,很理解你们父女俩的心意,我心领了,谢谢!

说心里话,你们辉煌的事业、灿烂的人生就是我最大的欣慰,特别是女儿,让我更为之骄傲,我知足矣!等到花甲之年,儿孙满堂之时再说吧!OK,祝我生日快乐!

"三分之一"(注:这是妈妈在三口之家常用的自喻)

我的视线逐渐模糊起来,心中一遍又一遍地祈祷:"亲爱的妈妈,生日快乐……"

怦然心动,深深母爱

赏析/汝荣兴

由于标题的"泄密",所以,这篇事实上是很有点情节可言的作品便变得毫无悬念了。不过,读罢这个在情节意义上已属一览无遗的故事,因为母亲的那种"只求平平淡淡过日子"的"知足",有一种感动还是如生日气氛一般浓烈地撞击着我们的心扉。特别是在读了母亲"出走"前留下的那张纸条——这其中最让人不由得怦然心动的,自然便是母亲那"三分之一"的自喻后,"视线逐渐模糊起来"的,除了"我"显然还有我们。

我们是"娘的心头肉",却永远是母亲最难舍的情怀。

一九六〇年的冰糕

●文/修祥明

一九六〇年,中国和我们家都很贫穷。

那年夏天的一支五分钱的冰糕在我的心中至今没有化去,是因为在那个贫穷的村庄里,我们家是最穷的一户人家。旁人家的孩子每年都会吃上一支或者几支冰糕,而我长到九岁了,还没尝到冰糕的味道呢。每当我向母亲要钱买冰糕时,母亲说:"冰糕有什么好吃的,不就是一些结成冰的糖水吗?"当我哭着恳求时,母亲会哀叹一声,眼里闪着泪光说:"孩子,家里卖鸡蛋存下的钱,你该知道有几块几毛,油盐酱醋,还有你们兄弟几个念书的学费都要从这里出,逼得没有法子,我只有去跳井!"

我馋冰糕吃,但我更爱母亲,哪能让母亲去跳井,这个世界上她是我最最亲爱的人啊!从此,在街上见了卖冰糕的人,我会转身走远,看到邻居的孩子吃冰糕那甜美和得意的样子,我也会扭头走开,不让他们看到我害馋的涎水和泪光。

一九六〇年的夏天特别酷热,偏在这时我重重地感冒了,用母亲的话说,我的额头像块烧热的铁板似的。那年月,庄户人有了这些头疼脑热的病,用双手推拿不见效果才会买药吃。但我的感冒在推拿和吃药后,仍高烧不退,把我烧得迷迷糊糊,像要死过去似的。

母亲给我擀了一碗面条,这是像模像样的节日才能吃到的美食,母亲把面条喂进我的嘴里,却被我吐了出来;母亲又去炒了两个鸡蛋,这是伺候客人母亲才舍得炒的一道好菜,母亲把它端到我身前,却被我推开:"快把它拿走,我闻着恶心!"说着,我就呕吐出空空的肠胃中的一点清水来。

母亲害怕了:"孩子,不吃东西哪行,这样下去,真能把人烧死,吓死我了,孩子,想吃什么你就说,不管什么贵重的东西,只要你想吃,钻天拱地我也想法给你去弄来。"

口干舌燥的我,迷糊中听清了母亲的这句话,顺口说道:"娘,我想吃冰糕。"说完了,我立刻后悔了,就睁开眼望着母亲,我想,母亲又要说去跳井这句话了。

出乎我的意料,母亲没有说要去跳井,也没有哀叹,而是爽快地从抽屉里拿出包钱的那块小手帕拣出了五分钱说:"好,孩子,我这就到集上给你去买。"

我说:"娘,不用买了,留着那五分钱买油和盐吧。"母亲摇头说:"孩子,不用说五分钱,现在你想吃的东西,就是把家里的东西全卖光了,我也舍得。你是娘的心头肉,如果有人拿世界上所有的钱来换你,我也不舍得。"

见母亲这样坚决,我的病像一下子好了许多似的,像个爆竹般从炕上跳下来,拿过母亲手中的五分钱,拔腿朝集上跑了去……

从卖冰糕的人手中接过冰糕,我的高烧像忽然间飞走了,浑身轻快了许多。啊,凉凉的冰糕,捧到您是这般美好的感觉,吃到您的滋味一定是天底下最享受的事情了!

当然,我要和母亲一起来吃这支冰糕。母亲疼我,我也该想着母亲。母亲说,她活了四十几岁还没尝到冰糕的味道。集市离我们家有一公里,跑到一半的路程时,冰糕水从那层薄纸缝里流了出来,我只好把它舔到嘴里去——凉凉的,甜甜的冰糕立刻爽透了我的全身,我加快步子向村子奔去……

然而,跑上村南的那个土坡时,半截冰糕脱离冰棒掉到地上,我的心像被猫爪抓了一下似的,望着土堆里那半截冰糕,我心疼地流下一串串泪水,只好捧着剩下的半截冰糕向村内飞奔。

母亲在门口迎候着我。我把手中残存的一点冰糕往母亲身前递去说:"娘,你尝尝,冰糕真甜,快点!"

母亲的眼里闪着温暖和欣慰的光芒,说:"孩子,你没在集上把它全吃了?"

我说:"没有,娘,我只舔了点化了的水尝了尝,我想回家和你一起吃。"

母亲既震惊又疼惜地浑身打了个哆嗦,问我:"什么,孩子,你让冰糕在路上化掉了?"

我把手中仅有的一点冰糕粒放到母亲的嘴边说:"娘,快吃,要不全化了。"

母亲用舌尖舔了舔那冰糕粒,然后把冰糕粒塞进我的嘴里,将我紧紧地搂进怀里说:"有你这么懂事的孩子,我这辈子活得值得!"辛酸而又温暖的泪水,小溪般在我们母子两人的脸上飞翔着。

一九六○年夏日晌午的那支五分钱的冰糕,就这样永远地凝结在我的记忆中……

难舍的情怀

赏析／汝荣兴

应该说,作品中的"我"确实是个能令他的母亲"温暖和欣慰"的"懂事的孩子",而更让人动情并令人难忘的,则还是"我"的母亲,那位纵然曾为"我"想吃冰糕的事说过要去"跳井"的话,最终却又为"我"而"钻天拱地我也想法给你去弄来"的母亲。事实上,虽然我们的母亲也难免会有不满足我们的要求的时候,特别是在艰难困苦的条件下,但我们是"娘的心头肉",却永远是母亲最难舍的情怀。是的,这是一个"辛酸而又温暖"的故事。

> 天下的母亲就是这样把牺牲自己的生命去换取子女的生命当作一种莫大的幸福。

一字千钧

●文/慧 玮

我听说过这样一个真实的故事:有一年冬天,一个叫云架岭的地方下了一场罕见的大雪,几乎将所有的沟沟坎坎夷为平地。恰在这时,一个三岁的哑巴孩子突然得了一场怪病,高烧烧得像一块火炭,三天三夜昏迷不醒,急坏了他的父母。

在村里能请到的医生一个个摇头而去之后,他的父亲试探着对妻子说:"那……只有到县医院去看看了?"

做妻子的听了丈夫的话,近乎绝望的眼神一下子又现出了亮色,迅速用棉被包好毫无知觉的孩子,抱起来就往门口走去。年轻的父亲顺手拉过一把铁锹,紧紧地跟在后面。

乡亲们说不出什么话来,默默地让开一条道,目送着他们一头扑进漫天的风雪。不知是谁带了个头,大家轰地一下都追了上去夺过他手里的铁锹,轮流在前边开道,一直将他们护送到了六十里外的山下。然后,小伙子借了一辆手推车,推着妻子和孩子,连夜往县城赶去。他们到达县城的时候,已经是第二天的中午了。这时,孩子通体冰凉,连心跳也消失了,县医院的大夫无比遗憾地告诉他们:"晚了,给孩子……找个好地方吧!"小伙子沉默半晌,嗫嗫嚅嚅地对妻子说:"到这一步了……咱们……把孩子送走吧……"神情木然的妻子仿佛受了电击一般,猛地一抖:"不!我不丢!娃还活着,我要跟娃一起回家……"雪依然在下,天地间混沌一片,似乎要将这对悲痛欲绝的小夫妻彻底地淹没。走着走着,坐在手推车上的母亲索性解开自己的衣襟,将孩子紧紧地搂在怀里,仿佛要用自己的体温将冰凉的孩子暖热。每过一会儿,她就要叫魂般地拍怀里的被卷,梦呓似的呼唤几声:"娃乖乖,妈带你回家……"

小伙子机械地走着,一汪汹涌的泪水从眼角流下,在脸上结成长长的冰凌。

"要么,你哭出声,让心里好受些?"小伙子说。妻子摇了头。她哭不出声来。不知走了多少时间,走了多少路,天黑了又明了,雪小了又大了,忽然,手推车上的妻子一声惊呼:"他大,快看,娃动了,娃活了。"

小伙子一个箭步冲上前去,将妻子和孩子一起揽在怀里。果然,孩子僵硬的小手慢慢地伸了出来,像要吃力地抓住什么东西,接着,眼睛也睁了开来,静静地盯住母亲的脸。

"妈!"孩子的嘴唇一动,轻轻地吐出一个石破天惊的声音。

可怜的母亲头一歪,稀泥似的瘫了下去,幸福地昏倒在丈夫的怀里。直到现在,这个孩子仍然只会叫一个字,那就是——"妈!"可这一个字的分量,却比世界上所有的语言都要重……

感天动地的母爱

赏析／汝荣兴

谁也不会也不能怀疑这个故事的真实性,因为天下的母亲确实有能使自己的子女死而复生的能力和能量;谁也不会也不能不被这个故事深深地感动,因为天下的母亲就是这样把牺牲自己的生命去换取子女的生命当作一种莫大的幸福。所以,"一字千钧"的,其实又并不是身为子女的我们叫母亲的那一声"妈",而是母亲所给予我们的那种分量比生命还重的"爱"!

在母亲那家常而又绝不家常的"八十岁的面条儿"里，藏着不知多少不是情节却又胜过情节，而且是比情节更情节的东西呵！

八十岁的面条儿

●文/王祥夫

　　每逢我喝得醉醺醺的时候，我的母亲总是很生气地说我："你怎么又喝酒了，又喝酒了。"母亲从来都不肯多说我什么。但她总想让我在她那里吃点儿什么，或者就让我拿点什么回去。我呢，却拗了性子偏偏不拿，不吃。母亲老了，做活儿已经不那么利落，拿东忘西，眼睛也不太好，所以菜总是洗得不太干净，我常问自己是不是嫌母亲的饭菜不太干净？

　　我的岳母六十岁的时候忽然生病了。等我赶到医院的时候，她已不省人事了。看她静静地躺在那里让我感到害怕，害怕她会突然离我们而去。平时，孩子们好像都忽略了她的重要，她是那么瘦、那么小，躺在那里，闭着眼睛，我忽然在心里深深感到对不起她。

　　从医院出来，我想去看看我的母亲。母亲正在那里吃饭，母亲的晚饭是面条儿。我突然那么想吃我母亲亲手擀的面条儿。面条儿是母亲亲手擀的，很细很长很滑溜。正像我小时候爱吃的那样。我在厨房里吃了几口，又到母亲的桌上夹了一筷子芥菜丝放在碗里，味道真是好极了，是我熟悉的味道。是我母亲亲手擀的面条。我小时候吃了多少母亲亲手擀的面条？这怎么能让人计算得来？母亲已经八十岁了，今后我还能吃多少次母亲亲手擀的面条？我吃着，眼泪便无声而下，流到我的碗里。我吃着面条儿，想着这些，想着躺在医院那边的老岳母，我的泪水怎么也停不住。

　　吃着八十岁老母亲擀的面条儿，我怎么能禁得住自己的泪水。

回味无穷的母爱

赏析／汝荣兴

　　这是一篇几乎不太像小说的作品,因为它实在是少了点作为小说所应有的情节。但这篇作品又分明在用它的成功告诉我们:对一篇小说而言,真又深的情感其实比情节更重要也更管用。是的,这是一篇饱含着"我"对母亲的真情与深情的作品,与此同时,这又是一篇洋溢着母亲对子女的真情与深情的作品——在母亲那家常而又绝不家常的"八十岁的面条儿"里,藏着不知多少不是情节却又胜过情节,而且是比情节更情节的东西呵!

169

所谓"儿不嫌母丑",邢阳你难道就一点都不觉得自己实在是不应该么？

获金奖的丑娘照片

● 文/李 想

从懂事那天开始，一直到大学毕业，邢阳拒绝同学到他家里玩，也从不让娘到学校去找他。

娘长得太丑，怕同学们因此耻笑他。

邢阳的父亲死得早，家里的日子过得饥一顿饱一顿的，娘身上那件灰不溜秋的衣裳，从冬穿到夏，又从春穿到秋。可邢阳的衣着总穿得周武郑王的。刑阳就有点不好意思，说娘："娘，你也别穿得尽破了，该添件衣服了。"

娘就笑笑，说："娘穿恁好的衣服有啥用？不像我儿，是学生，是往人前站的人，穿得差了，别人还不笑话你？"

邢阳考上了大学，家里却凑不足学费，娘俩脸对脸抹了一天泪。临报到的前一天晚上，娘打发邢阳睡下，说："我儿别急，啊，娘想办法给你弄学费。"

娘出门了，走进村头上老光棍的屋子。娘回来的时候，眼睛红红的，把一沓破破烂烂的钱放到邢阳手里，跟着就瘫倒在堂屋地上，哭得鼻子一把泪一把。

邢阳很为娘争气，大学毕业进了省报当摄影记者，常有作品在省内外发表。在画报社当编辑的同学向邢阳约稿，要他根据油画《父亲》走红的路子，拍一幅《母亲》照片。

邢阳还真拍了，不过拍的是二婶。二婶长得有模有样的，拍出来的照片当然错不了。但是当编辑的同学说不行，缺少内涵。邢阳就想："我拍得不错呀，从角度到用光，直到抓拍时机，似乎都无可挑剔，怎么会不用呢？"

过年回家的时候，娘穿得新新的，老在邢阳面前晃来晃去，还不时摸摸邢阳带回来的照相机，几次欲言又止，话到嘴边又咽了回去。

"娘，有事你就说吧。"邢阳为娘抻抻衣襟。

"娘想……娘想……"娘眼里有一抹为难，又有一种渴望，还有一种羞涩。

娘说,她想让邢阳给照张相。

于是,娘穿戴一新,衣服熨熨帖帖的,头发梳了一遍又一遍,还蘸水抿抿。坐到相机前,娘却又犹豫了,说:"要不,不照了吧,娘长得太丑了。"

邢阳忙说:"照吧,照吧,娘不丑。"

照片洗了两张,邢阳给娘寄去一张,另一张被他藏在文件柜的最底层,然后把底版销毁了。

隔不多长时间,娘的这张照片却刊登在画报的封二上,占了整整一个页码。邢阳这才想起,前不久,那个在画报社当编辑的同学来过他这里,似乎翻过他存有娘照片的文件柜。

又不久,邢阳接到那位同学的电话,告诉他:"《母亲》这幅摄影作品获得本次大赛的金奖。"

邢阳捧着那本画报看了许久,始终没有看出来《母亲》这幅摄影作品好在哪里,更想不清楚,为什么会获得金奖。

最美的照片,最美的娘

赏析/汝荣兴

娘丑么?也许娘真的长得很丑。但我们在这篇作品中所看到的,又分明是一位很美很美,美得足以使她的照片获得金奖的母亲形象——那是因为娘有着比长相更重要的美丽的心灵,那是因为在娘的忍辱负重中体现着一位母亲最宽广的胸怀和最崇高的情操。但令人遗憾的,是身为省报摄影记者的邢阳,居然"始终没有看出来"自己母亲的照片到底好在哪里。哦,所谓"儿不嫌母丑",邢阳你难道就一点都不觉得自己实在是不应该么?

款儿和他娘

● 文/芦芙荭

款儿很小的时候,娘就开始给他讲那个故事。

那是一个十分古老的故事。故事讲一个孩子因捡了一枚针交给自己的妈妈受到妈妈夸奖,而一步一步走向犯罪的道路。那个故事有一个十分动人的结尾:孩子走向断头台的那天,他的妈妈含泪去为他送行。刑场上,妈妈问孩子最后还有啥要求时,孩子说,娘,让我再吃一口奶吧!妈妈答应了孩子的要求。可是,等妈妈在众目睽睽之下将干瘪的乳头送进孩子的嘴里时,孩子却一口咬掉了妈妈的乳头。

娘每每讲到这儿时,款儿总是扑闪着一双迷惑不解的眸子问:"那个儿子为啥要咬掉他娘的乳头?"

娘就对款儿说:"因为是他娘害了他。"

款儿糊涂了。世上哪有娘害儿子的?他想问娘,抬眼时,却见娘的脸上早淌满了泪水。

款儿说:"娘,你咋哭了?"

"款儿,你长大了可要为娘争气啊!"娘忙抹掉泪哀求说。

款儿便使劲点点头。

一个个夜晚,款儿就这样躺在娘温暖的怀里,似懂非懂地听着那个故事进入甜美的梦乡。有几次,当他从睡梦中惊醒,发现身旁的娘却并没有睡着。娘似乎有很沉重的心思似的,在黑暗中一声接一声地叹息。他抬手去摸娘的脸,摸到的是满把的泪水。

款儿老也想不明白,为啥每次只要娘一给他讲那个故事,便要落泪儿!

后来,款儿渐渐长大了。款儿长大了,不再和娘睡一张床,也再听不到娘絮絮叨叨给他讲那个老掉牙的故事了,但他却发现,娘似乎有什么事瞒着他。娘平时几乎很少和村里人往来;出门办事或下地干活也从来不让他跟着。有时实在没办法,娘拉着他从村子里走过时,总是匆匆忙忙的样子,甚至头也不抬。款儿还发现,村里人看娘的目光总是有些别样。

款儿忽然就想到了死去的父亲。款儿曾几次问娘,他怎么没有爹时,娘老是支支吾吾,遮遮掩掩的。难道这一切与父亲有关?难道父亲是……款儿真的不敢往下想了。

后来的一次,当款儿又在娘面前提起父亲时,娘仍旧是搪塞。款儿就说:"娘,为什么每次问起爹你总是不肯说?我知道了,父亲是个小偷!"

娘听了款儿的话,浑身一阵战栗,娘说:"款儿,你已长大了,也懂得一些事理了,既然你已知道了,我就把一切说给你吧。你爹先前确实是我们这一带出名的小偷,但自从我怀了你后,你爹就洗了手,你爹做了半辈子贼,最终是因为你而金盆洗手的,为此,你爹最终被活活饿死。你爹临死前,说的惟一一句话就是让我无论如何也要将你养大,让你做个正派人……"

款儿终于明白了娘为什么自他懂事起就开始给他讲那个故事;明白了娘为什么每次给他讲故事时总要伤心地落泪。这么多年来,娘为了他,不知受了多少罪,挨了多少饿。款儿没有因此而恨他爹,他说:"娘,我一定听您的话做个正派人!"

这之后,款儿变了个人似的。这年秋天,全县举行中学生作文大赛。款儿作为全乡的学生代表参加了这次大赛。作文大赛的题目是《我的妈妈》,款儿的作文写得很感人,以至于使所有的评委都感动得流了泪。款儿理所当然地摘取了这次全县中学生作文大赛的桂冠。

从县城领奖回来的那天,款儿直接回到家里。这么多年,为了供他上学,让他有出息,娘忍饥挨饿,几乎是吃着糠菜挨过来的。他想让娘高兴高兴,他更想让娘知道,他的儿子出息了。然而,当他兴高采烈地回到家时,却见屋门大开着,娘因过度的劳累与饥饿,永远地告别了自己。

化在掌心的糖

感动系列

永恒的母爱

赏析／汝荣兴

伴随着款儿成长的，一方面是他懂事起娘就开始给他讲的那个十分古老的故事，一方面是娘的"不知受了多少罪，挨了多少饿"。于是，随着款儿的最终"理所当然地摘取了这次全县中学生作文大赛的桂冠"，一个真正用心良苦的母亲形象，便活生生地凸现在了我们的眼前。当然，读罢这篇作品，我们不禁又要深深地责怪作家太残忍，因为这样的一位一心一意要使儿子做个"正派人"的母亲，实在是不该让她就这样"永远地告别"她的款儿的啊！

对照母亲对桠子的爱,桠子的"哭得惊天动地"显得迟了,太迟了。

棉　　衣

● 文/陈国锋

　　桠子三岁上他爹就死了,桠子上面还有一个姐姐,娘就拉扯着他和他姐姐一起过日子。

　　一开始桠子和姐姐都小,娘一个人种着全家的八亩地,每年娘都腾出一亩来种棉花,无论日子过得多窄多穷,收了棉花,娘总要给他们姐弟俩每人做一身厚实暖和的新棉衣。八亩地像一座山,把娘的身子累瘦了,也累老了。娘的头发花白的时候,桠子和他姐姐也都长大了。姐姐出嫁了,嫁给了一个老实的后生。桠子从小学上到初中,再由初中上到高中,高中毕业没有考上大学。桠子不愿意地,就到城里去打工。八亩地还是由娘种,娘一天一天地老了,她越来越种不动了。

　　村子里一个孤身老人韩老六就开始帮助桠子娘种地,一开始桠子娘不肯,后来就渐渐不再拦着了。韩老六帮助桠子娘种地的第三个年头,桠子娘有一天和桠子商量,她想找一个老伴儿过剩下的日子。桠子当时就发火了,他早就知道了娘和韩老六的事儿,他觉得娘嫁给韩老六是抽他的脸面。桠子那时候正在处对象,对象是城里的一个姑娘。

　　桠子娘铁了心要跟韩老六过日子,桠子结婚两年头上,桠子娘就搬到了韩老六家。于是桠子就骑上摩托驮了娇妻,一起去韩老六家,一个头磕到地上,就和娘断了关系。桠子走出韩老六家的时候,桠子娘扶着门框,眼泪湿了脚下一片地。

　　桠子回到家里,把姐姐和姐夫叫到家里,对他们说:"谁再和娘走动,我就和他断。"桠子说到做到,不久就不和姐姐姐夫走动了。

　　桠子在城里妻子的帮衬下,开了一个羽绒服专卖店,不久就发了,日子过得很滋润。

　　滋润的日子过得很快,转眼十年就过去了。这一天,姐姐来店铺里找他,对他说:"娘死了,给你个信儿,你爱去不去。"桠子铁了心肠不去,他觉得他娘给他脸上抹了黑。桠子磕头时就和娘说了：活着不养，死了不葬。桠子一点儿也不想他娘，他觉得去不去都没有什么关系，所以他就坚持着没有去。娘的丧事刚刚过去了一个星期，桠子已经逐渐在自己的脑海里把娘淡忘了。

这天上午，邮递员给桠子送来了一个很大的包袱。包袱不是很重，一层层打开，里面是十件棉衣。棉衣叠得非常整齐，随便打开一件，崭新的棉衣都厚厚的，试着穿穿，棉衣暖暖的。

棉衣的下面有一张字条，一看笔迹，桠子知道是自己的姐姐写的。字条上说：这是妈妈一针一线做的棉衣，每一针里，都缝着妈妈的一滴眼泪。这是妈妈死前反复嘱咐我一定要给你的。

桠子看完信忽然就哭了，哭得惊天动地，一边哭着，一边用力抽自己的嘴巴。

世上最深母亲恩

赏析／汝荣兴

桠子真的该"用力抽自己的嘴巴"，因为他实在不应该如此这般的对待自己的母亲。在这篇作品中，我们看到的是一位爱得那样坚韧又坚定的母亲形象。而那"每一针里，都缝着妈妈的一滴眼泪"的棉衣，则既是这篇作品的情节之核，又是母亲这一形象的情感之核。当然，在塑造母亲形象的同时，这篇作品还很是现实又很是深沉地提出了老年人的婚恋问题——这既是一个社会问题，更是一个考验和衡量年轻人的爱心的问题。是的，对照母亲对桠子的爱，桠子的"哭得惊天动地"显得迟了，太迟了。

这只母羚羊所付出的那种"爱的牺牲",足以催生全世界的人的那种"爱的觉醒"。

跪拜藏羚羊

● 文/马国福

在我的故乡青海高原的牧区流传着一个藏羚羊的故事。

有个盗猎分子在山上发现了一群藏羚羊,就在他开枪准备射击时,羊群发现了险情,很快向远处逃散。猎人举枪追击,体格健壮的藏羚羊跑在前面,把小一点的藏羚羊扔在了后面。追到一个峡谷时,其余的藏羚羊都纷纷纵身跳了过去,只丢下一对母子。盗猎者很快追上了落在后面的母子俩。藏羚羊的弹跳能力很强,速度快的时候能跳数丈远。还没有完全长大的小藏羚羊跳不了那么远。很显然,在这种危险的情况下,它要不就是跌入深谷摔个粉身碎骨,要不就是落入盗猎者手中,而母藏羚羊足以跳过峡谷逃生。

盗猎者紧随其后追击,快追到峡谷尽头时,母子俩同时起跳,但是弹跳的那一瞬间母亲放慢了速度,几乎只用了和小藏羚羊相当的力量。母亲在半空中先于小藏羚羊下降,小藏羚羊稳稳地踩在母亲的背上,以此作为支点第二次起跳,顺利地逃到对面的峡谷,而它的母亲却无力第二次起跳,落入深谷摔死了。

这一幕让盗猎者震惊了!他跪倒在地,含着泪将罪恶的枪扔到山谷里。

尽管母爱不一定要以自戕为代价,但那一降是母爱的升华,是母爱的至高境界,感天动地;那一跪是良心的觉醒,更是对母爱的至诚敬仰。一个是爱的牺牲,一个是爱的觉醒。

母爱的至高境界

赏析／汝荣兴

　　我们难忘这篇作品,其实并不是因为藏羚羊是我们的国宝,而是由于作品以经济又经典的艺术手段所塑造的那只母藏羚羊的形象——这是一个值得所有人"至诚敬仰"地去"跪拜"的母亲形象。是的,这只母藏羚羊的那体现着"母爱的至高境界"的一跳,足以感天动地;是的,这只母藏羚羊所付出的那种"爱的牺牲",足以催生全世界的人的那种"爱的觉醒"。

这是一位"一辈子都是为父亲活着"的母亲形象。

母 亲

●文/王奎山

　　母亲一辈子都是为父亲活着的。

　　父亲年轻的时候，在一个铁矿山上挖铁矿。母亲知道父亲爱吃炖豆腐，算着父亲该回来的时候，就提前打一块豆腐放着。等父亲一回来，就给他炖豆腐吃。母亲对我和姐姐说："你们日子长着哩。长大了，想吃啥没有？这会儿，先尽着你爹。"父亲自然舍不得一人独享，往往吃不到一半，就说："吃不下了。真吃不下了。"

　　有一回队里分西瓜，家里分了两个。一个大的，一个小的。我们娘儿三个把那个小的分吃了，留下那个大的给爹。爹好长一段时间也没回来。家里没人的时候，我就把那大西瓜从床底下滚出来，拍拍，听听，闻闻。但也仅是如此而已。吃的念头是从来都没敢动过的。父亲终于回来了。母亲喜滋滋地把那个大西瓜抱出来放在桌子上，准备切给爹吃。谁知道一刀下去，一股臭水就流了出来。母亲一下子愣在那里。过了片刻，母亲似乎明白了什么，指着我骂："都是这个兔王八孙！"说着，抓起一把笤帚就要打我。我早意识到事情不妙，一溜烟地跑了，连晚饭也没敢回去吃。还是姐姐把我找回去的。

　　女儿出生以后，母亲来城里给我看孩子。那时候，父亲已退休在家了。逢到只有我们娘儿两个的时候，母亲就该叹气了。母亲说："不知道你爹在家咋过哩！"我说："他一个大老爷儿们，还饿着不成？"母亲说："他一辈子没进过厨房的门，连啥是锅滚了都不知道。"我说："没进过厨房的门，还不是你惯的么！"母亲知错地笑笑，不再说话。

　　到了麦收或秋收的时候，母亲更是坐卧不宁的。母亲常在我面前唠叨："娃，我听见'吃杯茶'叫了。"我说："'吃杯茶'叫又咋着？"母亲说："'吃杯茶'一叫，就该收麦了。"隔天又说,"娃,我闻见麦子的香味儿。"我说:"尽说梦话!这在城里,你会闻得见麦子的味儿?"母亲却说得真真切切:"可不是哩么,今儿一大早我一起来,我闻见新麦子的味儿了,真香啊!"

于是,只好放母亲回去几日。

父亲去世以后,母亲迅速地苍老起来。不到一年的时间,头发就全白了。我怕母亲在乡下孤单,就写信让母亲来。母亲不来,说是在城里住不惯。后来,我亲自去接,母亲才答应来了。临走的时候,母亲领我到父亲的坟上烧纸。纸点着以后,母亲说:"他爹,娃让我到城里住几日,你给我好好在家待着。"停了一下,母亲又特意拿出一张事先准备好的纸摊到地上,说,"你要是愿意随我去,也中。"然后就去看那空气中飘荡着的纸灰。一阵微风吹来,有一朵纸灰像一只黑蝴蝶一样在空气中飘来飘去的,最后,慢慢地落到了母亲摊在地上的那张纸上。母亲小心地把那纸灰包好揣进怀里,喜滋滋地说:"你看看这老头子还怪会顺杆儿爬哩。我让他去,不过是虚虚,他倒当真了!"

那年秋天,我回去帮母亲收花生。走到父亲坟前,母亲惊讶地叫了一声:"咦咃——"我忙问:"怎么了?"母亲说:"你看你看,你爹在叫我哩。"我一看,爹的坟上裂开了一道一寸多宽、三尺多长的口子,我笑笑,说:"天干么。"母亲正色道:"不是。肯定是你爹叫我哩。我这一阵总做梦,总梦见你爹,说是在那边也没人给他做饭,常常吃不饱……"

果然,到那年腊月,母亲就不行了。

临去之前,母亲从枕头下摸出一副绿玉手镯。对我说:"娃,这副镯子我想戴走。"我说:"你戴么。"说着,我就把那副镯子给母亲戴上了。母亲说:"要说也不是啥值钱的东西,是你爹给我买的。"停了一下,母亲的脸上突然地涌起了一片酡红,母亲像个羞怯的少女一样地笑了,"那一年,你爹到熊寨去卖瓜,整整一挑子瓜,就换了这副镯子。你爹回来说是钱丢了,你爷爷把他好一顿骂……"

我的眼泪就流出来了。

母亲说:"那还是我当闺女的时候……"

停了好大一会儿,也没听母亲再说什么。低头一看,母亲已经咽气了。

别样的感动

赏析／汝荣兴

　　这是一位"一辈子都是为父亲活着"的母亲形象。一块豆腐，一个西瓜，一张纸，一副绿玉手镯，再加上母亲的"尽说梦话"和"总做梦"，母亲对父亲的爱是那样的细腻又那样的真实可感！这篇作品所展现的，是一种真正意义上的既生死相许又生死相依的爱情，尽管我们在"母亲"与"父亲"之间并没有看到那种所谓的缠绵与浪漫，也没有听到诸如"爱你一万年"之类的表白。是的，因为这篇作品中的母亲形象是从母亲爱父亲的角度去塑造的，所以，我们品味到的是一种别样的感动。

感 动 如 水

●文/彭 霞

明天我就要走了。

母亲翻箱倒柜,不知找着什么东西。昏黄的灯光里,荡漾着一圈圈光华,将母亲笼罩在一片柔和的阴影里。

我的眼睛不自觉地随着母亲的脚步而移动。古老的柜子,被岁月剥蚀了它的华美的外衣,而那曾经高大的橱子,也到了风烛残年,在生命的秋风中噤若寒蝉。我蓦然发现,母亲已经老了。

母亲抓住一个皱皱的小包裹,像托着一个刚出世的婴儿,虔诚地注视着他,欣喜之情在脸上一览无余。她颤巍巍地打开那一层一层的包裹,如同揭开她一层层的心。在灯光的照耀下,母亲像一个虔诚的教徒,要把自己最真诚的心献给上帝。那手,已失去了丰腴与光润的华丽,只有斑斑点点的创伤,印证着岁月的流逝,预示着母亲的衰老。我摇了摇头,心里禁不住叹息,母亲真的老了。

那个纸包终于露出了真面目。母亲握紧了它,看了又看,不住地叹气。她转过了身,慢慢地向我走了过来。她的眼睛慈爱而忧郁,她的步伐却是蹒跚的。她似乎是在沉思着,嘴角现出一丝不易觉察的微笑。她似乎是在唱着歌,在心里放飞了自己的歌声。然而,她的脚步却是越来越坚定了,像是下定决心搏击一切,与命,与人,与自己。她搏击,好像已经是一个快乐的胜利者,因而她更坚定,更自信。

我吃惊地盯着母亲,手里却感觉到那微微有点体温的纸包。母亲示意我打开,我小心地打开,却是几张崭新的票子,我什么都明白了。母亲什么话也没有说,只是握了握我的手,转身就往外走。我像泥塑一般一动也不动,盯着母亲的背影,脑中一片空白。蓦地,母亲转过头,"别舍不得花!"刹那间,我的泪水铺天盖地地流了下来,模糊的泪眼中闪现出母亲矮小佝偻的背影在一点点消失……

一首小诗在心中化开:

母亲啊,

我是红莲,你是荷叶,

心中的雨点来了,

除了你,

还有谁是我无遮拦天空下的保护?

那一刻,感动在我周身传遍。

　　当叶落归根、落红化作春泥时,当春来雁归、桃红柳绿之时,岁月吮吸着时间的奶一点点长大。我们已经淡漠了一切,将周围的一切用冰冻的心冻结起来。然而,当你不再匆匆于喧嚣的人群,你会发现,生活中处处充满着感动,仅仅是一句话,一个动作,一个人。当我以为自己早已不再感动时,它如潮水般汹涌而至。感动如泉水,甘美而清冽,没有泉水浇灌的土地,注定会寸草不生,没有感动滋润的人,心灵注定会干涸枯竭。感动如水,普通而又伟大,平凡而又高尚。

爱母也要说出来

赏析／汝荣兴

　　请注意作品对母亲的每一个细小的动作和每一种细微的表情的描写,请注意作品中的那首在"我""心中化开"的小诗,请注意作家在作品结尾时的那段情不自禁的议论,……请永远都不要忘记母亲所给予我们的那种如水的感动——那真的是一种"普通而又伟大,平凡而又高尚"的"甘美而清冽"的感动呵。所以,无论走到哪里,我们的内心深处都应该始终珍藏着那个属于母亲的"微微有点体温的纸包";所以,在合上这本书之前,请大家千万千万要这样告诉自己的母亲:妈妈,我爱您!

可敬的人不一定伟大。伟大的人一定可敬。

妈　　嫂

●文/黄自林

　　嫂子是村里娇小俊秀的妹子。我们弟妹几个和积劳成疾的爸妈是一张沉重的铁犁，只哥哥一个人拖着。嫂子却看上了我哥，要嫁到我们这个穷家来。村里人劝嫂子，说嫂子肯定会被拖累死的。

　　嫂子出嫁那天，她的哭嫁歌唱得又多又好，亲戚大多都被嫂子唱哭了。那时候两角钱一碗米粉，嫂子竟然挣了三十四元三角的哭嫁利市钱。村里的哭嫁女没有谁能挣到嫂子的一半。

　　嫂子嫁来的第三天就是九月开学的日子。两个姐姐读初中，二哥三哥读小学。家里没钱也没值钱的东西，嫂子一分不留地拿出她的哭嫁钱，又拿出陪嫁的几匹的确良蓝布，为我们几个一人缝制了一套新衣裳。还差些钱不够，哥和嫂子就去担柴卖，我们几个也去，大大小小七个人排成一长溜儿。好多人替嫂子流泪，她是才过门三天的新媳妇呀！妈妈哭哩，把嫂子搂在怀里，千言万语只是一句话："我的闺女哟。"

　　家乡湄河是一条养人的河。嫂子让我哥在河里捕鱼，她去圩上卖。清早晨雾未散，嫂子就在河边望我哥的竹排，夜里又挑一盏渔灯坐在排尾为我哥壮胆。每当捕到一只值钱的鳖或一条河鳗，一家人都要高兴许久。嫂子出奇地倔强，明日分娩，今天还挑一担红薯苗上岭种红薯，嫂子虽苦虽累却没病，祖宗保佑我嫂子不会倒下。

　　没几年，多病的妈妈就去世了。村里有个习俗，在妈妈灵前焚一根竹筷，竹筷倒向谁，妈就最疼谁。我们一齐围着竹筷跪，结果竹筷旋了一圈儿后，倒向了嫂子。妈妈心里有杆秤，嫂子在妈妈心里的分量比谁都重。嫂子哭着向妈妈磕了无数个响头，那是一份沉甸甸的承诺。

　　冬去春来一晃十年，姐姐和哥哥得益于嫂子也得益于苦难，上了中专、大学。

嫂子的青春年华也为我们耗尽了。嫂子老了,我们长大了。

我们不知怎样称呼我们的嫂子。村里所有的嫂子没人比得上我嫂子的零头。嫂子像妈像姐,嫂子的生命和我们的生命融合在一起,永远不可能分开。

姐姐从卫校毕业出来工作的那年,有一天,姐姐回来,一进家门见嫂子的身影,就喊:"妈——"嫂子回头看,姐姐才看清是嫂子。姐又喊:"嫂——"在这一瞬间,积聚在姐心头多年的情感如决堤的洪水倾泻而出,姐姐紧紧地搂住嫂子叫:"妈嫂——"姐姐一连叫了几声"妈嫂"。姐姐说:"妈嫂,我毕业了,我工作了,就有钱了,您的苦日子也会到头了。"嫂子笑着哭了,说:"我知道的。"

现在我们一家是村里最幸福的一家。我们像敬重我们的父母一样敬重我们的嫂子。作为回报,我们会使才三十多岁的嫂子不再受苦,我们保证。

村里人现在才说嫂子有眼力。嫂子说:"那时,尽管很饿,但他们是村里惟一不偷人家东西吃的一家人,他们的骨气贵哩!"

天使般的母爱

赏析／黄克庭

嫂子是可敬的,因为她拥有中华民族传统女性的优良品德——任劳任怨、诚实善良!

嫂子是伟大的,因为她"燃烧自己"并不是盲目的,而是为了呵护人间最美丽的花朵——骨气。这种崇尚真善美、有着强烈社会责任心的女人,无疑是天使!

可敬的人不一定伟大。伟大的人一定可敬。《妈嫂》的亮点在于最后一段。有了这末段,嫂子的形象由"可敬"立时升华为"伟大"了。